인생은 파랑

일러두기

- 이 책에 표기된 유튜브 '남도형의 블루클럽' 구독자 수(38만 명)는 2024년 4월 기준으로 작성되었습니다.

남도형
지음

인생은 선택이야

성우 남도형,
목소리로
세상을
물들이다

웅진 지식하우스

19년 차 성우 남도형. 누구보다 부지런하고 활기 넘치고 꿈 많은 열아홉 살 성우 아이돌. 성우 국제화의 가능성을 보여준 성우 한류의 원조. 그가 이 책을 통해 환하게, 파랗게 웃는다!

— 강수진(KBS 성우)

과학자의 연구는 인류 지식의 지평을 넓히기 위해 존재하는 지적 생명체에게 주어진 유일한 도전이다. 과학자는 고군분투하는 그 과정에서 어느 사소한 것 하나 외면하지 않고 꼼꼼히 들여다보며 해결책을 제시한다. 이건 마치 남도형 성우가 가장 좋아하는 일에 몰두하며 대중과 뜨거운 열정을 나누려는 사명감과 비슷하다. 오래전부터 지금의 위치에 오를 때까지 끊임없이 즐거운 시도를 해온 저자의 성장과 철학이 담긴 이 책을 통해 우리는 어쩌면 세상에 존재하지 않는 미지의 대상에 대한 근본적인 사랑을 배우게 될지도 모른다. 아마 그저 목소리만으로도 충분하다.

— 궤도(과학 커뮤니케이터, 『과학이 필요한 시간』 저자)

인간 이온 음료 남도형. 그와 함께 이야기 나누다 보면 방전되었던 기분이 자동으로 충전된다. 그래서 이온 음료 하면 떠오르는 '파랑'을 그가 그리도 좋아하는지 모르겠다. 언젠가 함께 방송을 하다가 그 앞에서 어린아이처럼 울음을 터뜨린 적이 있다. 그에게는 속마음을 다 말해도, 내 감정을 오롯이 내보여도 될 것 같았다. 그런 힘을 지녔기에 사람들이 남도형에게 끌리는 게 아닌가 싶다. 난 이 책을 통해 남도형을 더 사랑하게 되었다!

— **김경욱**(개그맨, 유튜브 크리에이터)

소년에서 성우로, 그리고 정상에 오르기까지, 파란 후광이 아른거리는 남도형 성우가 걸어온 길. 언뜻 탄탄대로였을 것 같지만 절대로 쉽지 않았다. 우리처럼 평범했기에 겪은 실패지만 이 책에서 남도형 성우는 '그 실패의 경험이 모여 특별한 자신을 만들어냈다'고 말하고 있다. 그리고 그동안 성우로서 겪은 일, 유명인으로 살아가는 사람의 소소한 이야기까지 가감 없이 담아냈다. 마치 한 편의 다큐멘터리를 보는 느낌이다.

— **나승훈**(웹툰 작가, 『놓지마 정신줄』 저자)

월트 디즈니의 메인 캐릭터인 미키마우스를 맡고 있는 남도형은 뛰어난 성우다. 뛰어난 연기력과 디테일이 없으면 미키마우스를 맡을 수 없다. 그만큼 남도형은 각기 다른 캐릭터를 자연스럽게 소화해낼 수 있는 천재다. 캐릭터를 멋지게, 폼 나게 만들기 위한 노력이 부자연스러운 사람도 있다. 하지만 그는 항상 자신을 그 캐릭터 안에 집어넣어 자연스럽고 뛰어난 연기를 보여준다. 그 천재가 겪고 생각해온 것을 적어낸 이번 책은 우리를 새록새록 즐겁게 한다. 난 오랫동안 그를 사랑할 것이고, 그와 계속 작품을 만들고 싶다.

— **박원빈**(더빙 감독)

19년이라는 시간 동안 인간 남도형이 성우로서 얼마나 치열하고 멋지게 살아왔는지 알려주는 책. 성우를 향한 열정과 꾸준함은 읽는 사람의 마음까지 벅차오르게 한다. 지금 꿈을 향해 달려가고 있다면 꼭 한번 읽어보길 추천한다!

— **총몇명**(유튜브 크리에이터)

이유 없이 파랑을 좋아하는 성우 남도형. 그는 파랑을 대하는 것처럼 사람에게도 이유 없이 애정을 주고 싶어 한다. 그리고 받고 싶어 한다. 그래서 쉽게 감동하고 자주 울고 하루를 잘게 쪼개 산다. 19년 경력의 원숙한 성우임에도 그가 소년처럼 느껴지는 이유인 것 같다.

— **침착맨**(유튜브 크리에이터)

정열의 빨강? 아니다, 열정의 파랑이다. 얼핏 열정과 도전만으로 이루어진 것 같은 성우 남도형의 삶 이면에는 우리 모두와 마찬가지로 무수한 눈물(그는 정말 눈물이 많다), 그리고 상처와 좌절이 존재했음을 이 책은 전해준다. 그것도 둘이 앉아 담소하듯 아주 편안하게 말이다. 힘들었던 순간을 잘 삭힌 비료 삼아 무한 긍정의 에너지로 삼아온 그의 글귀를 통해 나도, 이 책을 읽는 독자도 어느새 그 열정에 파랗게 물들어버릴 터다.

— **흑요석**(일러스트레이터, 『흑요석이 그리는 한복 이야기』 저자)

차례

1장

내 인생의
색깔을 찾다

운명처럼 찾아온 성우라는 일

2장

게임처럼
내 인생도 레벨업

나를 성장시킨 순간들

3장

나의 세계를 확장하다

성우, 38만 유튜버가 되다

4장

지금 내 인생은 파랑입니다

나를 움직이는 인생의 원동력

남도형, 목소리로 걸어온 길

2006~2011

- 애니 〈로봇 태권브이〉 김훈 役(2007)
- 애니 〈피니와 퍼브〉 피니 플린 役(2009)
- 애니 〈로보카 폴리〉 브루너, 휠러, 마린 役(2010)
- 영화 〈슬럼독 밀리어네어〉(KBS) 자말 말릭 役(2010)
- 게임 〈리그 오브 레전드〉 제이스, 라칸 役(2011, 2017)
- 게임 〈던전 앤 파이터〉 남성 마법사 役(2011)
- 드라마 〈닥터 후 시즌 5~7〉 로리 윌리엄스 役(2011)
- 애니 〈포켓몬스터 베스트위시〉 덴트 役(2011)
- 애니 〈페어리 테일〉 나츠 드래그닐 役(2011)
- 애니 〈개구쟁이 스머프〉 똘똘이 스머프 役(2011)

2012~2017

- 애니 〈파워레인저 캡틴포스〉 박재민, 캡틴 실버 役(2012)
- 애니 〈꿈의 라이브 프리즘 스톤〉 은시우(미하마 코우지) 役(2013)
- 게임 〈세븐나이츠〉 스파이크 役(2014)
- 애니 〈최강전사 미니특공대〉 레이, 리오, 재키 役(2014)
- 애니 〈터닝메카드〉 타나토스 役(2014)
- 영화 〈패딩턴〉(KBS) 패딩턴 役(2015)
- 애니 〈프리파라 시리즈〉 안경 오빠 役(2015)
- 애니 〈미라큘러스: 레이디버그와 블랙캣〉 아드리앙 아그레스트, 블랙캣 役(2015)

*국내 첫 더빙 방영일 기준입니다.

오늘도
파랑으로 나의 삶을
물들이는 중입니다

얼마 전 홍대로 외출을 다녀왔다. 한동안 스케줄 때문에 자가용을 이용했던 터라 사람 많은 곳에 나간 건 꽤 오랜만이었다. 사람들이 북적이는 곳에서 특유의 활기찬 분위기를 만끽하고 있는데 생각지도 못한 일이 일어났다. 걸어갈 때마다 거의 10미터 간격으로 한 번씩 사람들이 나를 알아보는 게 아닌가.

'이게 무슨 일이지? 팬분들이 모인 곳도 아니고, 특정 행사장도 아닌데….'

불특정 다수가 모인 장소에서도 나를 알아보는 분들이 꽤 많다는 사실에 얼떨떨한 기분이었다. 내 얼굴을 알아보고 반가워서 인사를 건네는 분들이 있는가 하면 사인과 사진을 요청하는 이들로 어느새 줄을 이룰 정도였다.

유명해지고 싶다는 꿈이 현실로

어릴 적 나의 꿈은 성우가 아니었다. 애니메이션과 게임을 좋아하는 여느 10대 소년과 그리 다를 바 없었다. 다만 막연하게나마 '남들이 나를 많이 알아봐주면 좋겠다', '유명한 사람이 되고 싶다'는 생각은 했던 것 같다.

그렇게 막연한 꿈을 꾸었던 나였는데, 이렇게 많은 분들이 알아봐주시다니. 어린 시절이 오버랩되면서 여러 생각이 밀려왔다.

내가 걸어온 길을 돌아보면 성우로 지내온 시간이 어느새 20년 가까이 쌓여 있었다. 인간 남도형이 걸어온 42년이란 인생도 함께 말이다. 그 시간들이 켜켜이 쌓여 내가 꿈으로만 여겼던 일이 현실이 되어 내 앞에 나타난 것이다.

사실 나는 만 22세의 어린 나이에 성우가 되고 난 후, 빨리 30대가 되기를 바랐다. 어떻게든 내가 원하는 걸 이루며 빨리 성장했으면 좋겠다는 조급한 마음이 나를 채근했다. 하지만 안달한다고 해서 쉽고 빨리 가는 길이 나타나는 것은 아니었다. 반드시 겪어야 할 일이 있었고, 반드시 거쳐야만 하는 시간이 있었다. 겪을 만큼 겪어야 찾아오는 것이 있다는 걸 하루하루 열심히 시간을 달려와 이 나이가 되어서야 알게 된 것 같다.

우리 삶에는 '시간이 쌓여야만 얻을 수 있는 것'이 있다. 길이 보이지 않아 불안하고 힘들어도 묵묵히 한 걸음 한 걸음 옮기다 보면 끝내 정해진 시간은 온다. 그것도 매우 값지게 말이다. 빨리 어른이 되고 싶었던 나도, 시행착오를 겪으며 고군분투하던 나도, 내 인생이라는 지금의 시간에 모두 들어 있다. 그렇기에 지금의 나도 존재한다.

'얼굴을 알아보는 성우'로 산다는 것

나를 알아봐주는 사람들이 있다는 건 정말 행복하고 감사한 일이다. 그와 동시에 얼굴이 알려진다는 것이 얼마나 조심스러운 일인지도 체감하고 있다. 알아봐주시는 만큼 나에게, 또 내 목소리에 책임지는 삶을 살아야 한다는 생각이 더 강해졌다. 그간 쌓은 시간이 헛되지 않도록 하루하루 감사히 더 열심히 활동해야겠다고, 나의 경험이 누군가에게 조금이나마 도움이 된다면 기꺼이 그렇게 해야겠다고 생각했다. 이 책을 쓴 이유도 그래서다.

이 책에는 어릴 적부터 게임과 애니메이션을 좋아했던 한 꼬마가 성우로 성장해나가기까지의 이야기가 담겨 있다. 수많은 인생의 형태 중 하나일 뿐이기에 그리 특별할 것은 없다. 하지만 다른 사람은 해줄 수 없는 나만의 이야기다.

생애 첫 직업인 성우 일을 19년째 이어오면서 많은 경험을 했다. 내가 어떻게 성우라는 직업을 선택하게 되었는지, 그 과정이 얼마나 신기하고도 감사하게 나에게 오게 되었는지 이야기하려 한다. 이 세계에서는 어떤 일이 일어나는지, 성우라는 직업을 가진 사람들은 어떻게 살아가는지 조금이나마 엿볼 수 있을 것이다.

엄청나게 대단하거나 특별한 방식으로 서술하지 않았다. 그저 그 시간 속에서 내가 느끼고 발산했던 감정을 잘 정돈해서 모아놓았을 뿐이다. 성우 남도형이 아닌 인간 남도형에 대해서도 알려드리고 싶었다. 그래서 직업적인 활동 외에 지금까지 지나온 인생 이야기들도 다양하게 담아냈다.

이 책이 성우의 꿈을 키우는 이들, 자신이 하는 일에 동기부여가 필요한 이들, 무언가 시도해보려고 고민하며 주저하는 이들에게 용기와 격려의 말을 건네는 책이 된다면 좋겠다. 그저 담담하게 대화하듯 건넨 내 이야기가 힘이 되고 위로가 된다면 더할 나위 없이 좋을 듯하다.

40여 년의 시간이 쌓여 지금의 남도형이 되었고, 그 시간들이 내가 원하는 것을 하나하나 이룰 수 있게 해주었다. 나를 아는 분들은 잘 아시겠지만 나는 파랑을 무척 좋아한다. 그래서 내가 사랑하는 일과 사람으로 주변을 가득 채운 지금, 내 인생은 온통 파랑으로 보인다. 이렇게 차곡차곡 쌓여가는 파랑의 시간은 나에게 늘 새로운 에너지를 준다.

이 책의 제목 『인생은 파랑』처럼 더 멋진 파랑으로 삶을 채우려 한다. 지금 내 인생은 파랑이다.

1장

내 인생의
색깔을 찾다

운명처럼 찾아온
성우라는 일

전지적 남도형 시점, 나의 하루를 소개합니다

"성우는 어떤 일을 하는 사람인가요?"

요즘 이런 질문을 많이 받는다.

사전적으로 정의하는 성우의 의미, 다른 사람들이 말하는 일반적 정의가 있을 터다. 하지만 20여 년간 성우로 일하며 깨달은 나만의 정의는 따로 있다.

"말로 진행되고 이루어지는 모든 일, 그 모든 일에 관여할 수 있는 직업이 바로 성우다."

대개 성우 하면 애니메이션, 영화, 드라마 등의 작품을 더빙하는 사람으로 인식할 수 있다. 하지만 성우가 하는 일과 관련된 영역은 상상 이상으로 다채롭다.

예를 들어 최근에 나는 쇼 호스트가 되어 라이브 커머스 현장에서 상품을 소개하고 진행을 했다. "성우가 이런 일도 한다고?"라며 놀라는 사람도 있을 것이다. 예전에는 성우의 일이 홈쇼핑에서 멘트를 하는 정도였다면 최근에는 라이브 커머스 진행은 물론 그 영역이 놀라우리만치 확장되고 있다.

내 경우도 예전에는 주로 애니메이션이나 게임 녹음 쪽 업무가 많았다. 하지만 지금은 오디오북 녹음, 방송이나 행사 진행, 강연, 유튜브 촬영 등 그 외에도 정말 다양한 일을 한다. 성우가 얼마나 다방면으로 활약하고 있는지, 얼마나 많은 일에 관여되어 있는지, 나의 일과를 본다면 한눈에 알 수 있을 것이다.

[오전 7시 30분]
기상(오늘도 파이팅! 아잣!!!)

[오전 7시 30분~8시 25분]
반드시 양치 먼저! 그 후 샤워 및 아침 식사(아침은 항상 밥과 국으로!!)

[오전 8시 25분~8시 30분]
목탁을 치며 「반야심경」으로 목 풀기(매일 빼놓지 않고 열심히!!)

[오전 8시 30분~9시 30분]
강남에 위치한 녹음실로 이동

[오전 9시 30분~10시 30분]
녹음실에서 웅진씽크빅 교재 녹음(^0^)

[오전 10시 30분~11시 30분]
판교에 위치한 게임 회사로 이동

[오전 11시 30분~오후 1시]
게임 회사에서 게임 녹음

[오후 1~2시]
점심 식사 및 차에서 잠시 취침!(중간중간 낮잠은 건강의 필수 조건!!)

[오후 2~3시]
상암동에 위치한 애니메이션 녹음실로 이동

[오후 3~5시]
애니메이션 녹음실에서 단체 애니메이션 녹음

[오후 5시~5시 30분]
홈쇼핑 쇼 호스트 출연을 위해 헤어 & 메이크업 숍으로 이동

[오후 5시 30분~6시 30분]
헤어 & 메이크업 받기(최대한 멋있어져랏~!! 두근두근!!! ♡.♡)

[오후 6시 30분~7시]
강남에 위치한 홈쇼핑 채널 본사로 이동

[오후 7~9시]
홈쇼핑 채널에서 쇼 호스트로 라이브 방송 진행

[오후 9~10시]
'남도형의 블루클럽' 하우스로 이동

[오후 10~10시 30분]
유튜브 라이브 방송을 위한 세팅 및 게스트 맞이

[오후 11시~다음 날 새벽 1시]
라이브 게스트와 함께 뽑기 방송 콘텐츠 라이브 진행

　　지금은 이렇게 숨 가쁜 일상을 보내고 있지만 처음부터 그랬던 건 아니다. 나도 한때 스케줄이 없어 심하게 마음고생을 하던 시절이 있었다. 동료 성우들이 게임 녹음을 하며 한창 바쁠 때 나는 그렇지 못했다. 그래서 일을 구하기 위해 내 목소리를 녹음한 USB를 명함처럼 제작해서 들고 다녔다. 한번은 USB를 들고 약속 시간에 맞춰 녹음실을 찾아갔는데 담당 실장님이 안 계셨다. 샘플

만 두고 가는 것보단 직접 드리는 게 좋겠다 싶어 세 시간을 기다렸다.

기다린 보람이 있었던 걸까? 그 실장님은 가지 말고 같이 들어보면 어떻겠느냐고 하셨다. 그리고 무려 30분 가까이 되는 샘플 목소리를 끝까지 다 들어주셨다.

"이렇게 잘하시는데 저희가 몰랐네요. 꼭 좋은 인연으로 뵐 수 있으면 좋겠어요."

사실 내 목소리를 끝까지 들어주시리라곤 생각하지 못했다. 그것도 나와 함께 말이다. 그랬기에 당장 캐스팅되지 않는다 해도, 그 사실만으로도 내 목표를 다 이룬 것 같았다.

"이렇게 끝까지 다 들어주시다니, 저는 이걸로 만족합니다. 너무 감사해요."

그렇게 그곳을 나온 지 한 시간 후, 그분에게서 전화가 왔다.

"성우님! 같이 작업하시죠!"

그 전화를 끊고 꺼이꺼이 울었던 기억이 난다.

지금도 그렇지만 그 무렵의 나는 매 순간이 간절했

다. 일이 많지 않던 시절이라 어떤 것도 소중하지 않은 게 없었고, 그 어떤 연락도 감사하지 않은 게 없었다. 성우로서 막 첫발을 내디뎠던 때라 모든 게 무섭고 두려웠지만, 그래서 더 간절했는지도 모른다. 그 마음을 붙잡고 모든 일에 임해왔기에 지금의 결과가 있는 게 아닐까 싶다.

순간순간에 최선을 다하고, 한 명 한 명에게 성의를 보이고, 모든 일을 허투루 하지 않으려 했던 그때의 마음. 나는 지금도 그 마음만은 잊지 않으려 한다. 덕분에 이제는 많은 곳에서 나를 찾아주고 있다.

반복해서 빼곡한 일상을 보내다 보면 가끔씩 기운이 빠지고 힘든 순간이 찾아올 때가 있다. 그럴 때마다 음성 샘플 USB를 들고 다니던 시절을 떠올린다. 세 시간을 기다리면서 결코 지루하지 않았고 모든 일이 한없이 소중했던 시간들. 감사함 속에서 나를 성장시켜준 그 시간들 말이다.

그 무렵 나는 매 순간이 간절했다.
순간순간에 최선을 다하고,
한 명 한 명에게 성의를 보이고,
모든 일을 허투루 하지 않으려 했던 그때의 마음.
나는 지금도 그 마음만은 잊지 않으려 한다.

성우가
될 줄은
꿈에도 몰랐지

6⃝

어릴 적 나의 꿈은 성우가 아니었다. 다만 10대 시절 유일한 관심 분야가 애니메이션과 게임이었기에 성우라는 직업이 있다는 것은 알고 있었다. 무엇보다 당시에는 가족뿐 아니라 주변 사람 누구도 내게 목소리가 좋다고 이야기한 적이 없었다. 그러니 성우가 될 거라는 생각은 당연히 해본 적이 없었다.

그러다가 고등학교 2학년 때, 뜻밖의 계기로 나의 재능을 발견했다. 그때는 선생님들이 "오늘은 13일이니까

13번이 본문 읽어봐" 하던 시절이었는데, 마침 그날 해당 번호의 친구가 결석을 한 탓에 내가 교과서를 읽게 되었다. 아마 그게 시작이었던 것 같다.

"도형이 목소리가 좋네. 앞으로 본문은 도형이가 읽어주렴!"

정치 과목을 담당했던 교생 선생님이 내 목소리를 칭찬해주시는 게 아닌가. 그날부터 줄곧 내가 도맡아 교과서를 읽었다.

당시만 해도 '목소리가 좋다'라고 하면 중저음의 굵은 음성을 연상할 때였는데 내 목소리는 하이 톤이라 칭찬이 낯설고 어색했다. 나는 내 목소리가 좋다고 생각하기는커녕 관심을 갖고 집중해서 들어본 적도 없었다. 그런데 교생 선생님이 나도 몰랐던 내 목소리의 장점을 알아봐주신 것이다.

교생 선생님의 그 한마디가 지금의 '성우 남도형'을 있게 한 최초의 씨앗이 아닌가 싶다(문득 교생 선생님이 이 책을 보고 연락 주신다면 정말 기쁠 것 같다. 보고 싶습니다. 선생님!).

농구 '덕후', 인생 첫 위기에 빠지다

내가 어렴풋하게나마 성우를 꿈꾸게 된 계기는 수능 시험이 끝나고 대학 입학 전 한 달여간 벌어진 일과도 연관이 있다. 고등학교 때 나는 한창 농구에 빠져 있었다. 그날도 친구와 함께 왕복 네 시간이 넘는 거리를 마다하지 않고 경기장으로 향했다.

2002년 나는 '안양SBS스타즈' 팀의 열혈 팬이었다. 당시는 농구 대잔치 주역인 연세대 서장훈 선수와 고려대 현주엽 선수가 전성기를 누리던 시기였고, 안양SBS스타즈에서는 '스마일 슈터' 김훈 선수가 유명했다. 그때 안양SBS스타즈 팀을 이끌던 감독님은 팬들과의 소통을 중시해서 종종 선수들과 서포터스의 만남을 주선하시곤 했다. 그 자리에서 알게 된 형들이 바로 오광택 형, 손창환 형이었다. 특히 광택이 형과는 정말 가깝게 지냈다.

하루는 농구장에서 팬들과 선수들이 함께 게임을 하는 이벤트가 있었다. 선수들이 경기하는 코트에서 농구공을 잡는다는 것 자체가 그저 신났다. 그런데 너무 흥분

한 탓이었을까. 현역 프로 선수들과 나의 실력 차를 잠시 잊고 말았다. 누군가 내 공을 살짝 블로킹해서 톡 치는 순간 밑으로 확 꺼지는 느낌이 들었다. 그렇게 털썩 주저앉으면서 무릎이 꺾였다.

"으악!"

비명을 지를 정도로 아팠지만 괜찮은 척했다. 그 자리에 있던 광택이 형이 한껏 부어오른 내 무릎을 보고 주저 없이 나를 의무실로 데려가서는 테이핑을 해주었다. 그리고 인대가 다쳤을 수도 있으니 꼭 병원에 가보라고 신신당부했다.

이후 농구 시즌이 시작되었다. 어느 날 광택이 형이 문자를 보내왔다.

'도형아, 나 내일 선발 스타팅이다.'

그 문자를 보자마자 나도 모르게 소리를 질렀다. 무조건 경기장에 가서 응원하리라 마음먹었다.

경기 시작 전에 선수들이 관중에게 선물로 공을 던져주었는데, 그걸 받겠다는 생각에 나도 모르게 계단 위에서 점프를 했다. 그러다 다쳤던 부위가 또다시 충격을 받왔다. 그때는 아예 일어날 수 없었다.

그러고는 병원에서 전방십자인대 파열이라는 진단을 받았다. 의사는 급하게 수술해야 하는 상황은 아니니 치료 후 조금 지켜보자고 했다. 그렇게 한동안 나는 꼼짝없이 집에 갇히는 신세가 되었다. 좀이 쑤셔 참기 힘들어 결국 다시 안양으로 경기를 보러 갔다. 다리에 보조기를 하고 있는 나를 본 광택이 형은 자초지종을 물었다.

"아이고, 도형아. 이러고 있지 말고 선수들 전담 병원에 가보자."

형이 추천해준 병원은 일원동에 있는 삼성서울병원이었다. 바로 수술 날짜를 잡고 2002년 크리스마스 당일 새벽에 여섯 시간의 긴 수술을 마쳤다. 이후로도 꾸준히 재활했지만, 이 일로 나는 군대 면제 대상자가 되었다.

대학 입학의 기쁨도 잠시, 갑작스러운 수술과 재활 생활로 개강 후에도 한 달간 학교에 가지 못했다. 신입생 환영회에도 못 간 탓에 이미 서로 친해져버린 동기들 사이에 끼어들기란 쉽지 않았다. 그래서였을까. 나는 학교 밖에서 더 많은 시간을 보내며 친구들에 비해 일찍 진로 고민을 했던 것 같다.

나를 성우의 세계로 이끌어준 〈주말의 명화〉

수술 후 재활을 하느라 학교에 가지 못하는 동안 나의 일상은 단조롭기 그지없었다. 하루는 방 안에 누워 있다가 문득 시계를 보니 3시쯤이었다. 암막 커튼으로 창을 가린 방 안이 어두워 오후 3시인지 새벽 3시인지 가늠이 안 되었다. 그렇게 무료하게 보내던 그 시절 나에게 허락된 유일한 오락은 TV를 보는 것이었다. 그중 KBS의 〈명화극장〉과 MBC의 〈주말의 명화〉는 답답한 일상에 한 줄기 빛과 같았다.

당시는 더빙 외화의 전성기였다. 〈주말의 명화〉가 2010년에 폐지되고, 〈명화극장〉이 2014년에 폐지되기 전까지 더빙 외화에서 성우들의 인기는 정말 대단했다. 그 시절 더빙 외화를 보며 성우라는 꿈이 내 안에서 조금씩 자라났다. 훗날 〈명화극장〉이 폐지되기 몇 달 전까지

나도 여러 차례 주인공을 맡으며 참여했는데, 지금 생각해보면 참으로 감사하고도 행복한 시간이었다.

하루는 오전에 실베스터 스탤론이 산악구조대원으로 나오는 영화 〈클리프행어〉를 보고, 저녁에는 브루스 윌리스가 뉴욕 경찰로 나오는 영화 〈다이 하드 3〉를 봤다. 그날따라 브루스 윌리스 역을 맡은 성우의 목소리와 연기에 감탄하면서 귀 기울여 들었다. 그런데 문득 오전에 본 영화 속 실베스터 스탤론 역할을 맡은 분과 같은 성우가 아닐까 하는 생각이 들었다. 두 배우의 목소리는 톤이 다른 듯했지만 내 귀에는 분명 같은 사람의 목소리로 들렸다.

함께 영화를 보던 친구는 같은 성우가 아니라고 우겼고, 그 바람에 우리는 한바탕 말싸움을 벌이기도 했다. 나는 기필코 그 성우의 이름을 찾아내겠다며 포털에 접속해 검색을 했다. 그러다가 성우들의 커뮤니티로 보이는 카페들을 찾았다. 그중 '보이스액터'라는 카페를 우연찮게 클릭했다. 카페 글을 찬찬히 읽다 보니 성우 지망생들이 모인 사이트가 아닌가. 아쉽게도 브루스 윌리스와 실베스터 스탤론 역할을 한 성우의 이름은 찾을 수 없었다.

하지만 이대로 포기할 수는 없었다. 기어이 알아내고야 말겠다는 오기가 생겨 카페 정모에 나가서 물어봐야겠다는 생각까지 하게 되었다. 요즘은 카페 정모 문화가 많이 사라졌지만 그때만 해도 혜화역과 홍대 쪽에서 오프라인 정모가 활발히 이루어지곤 했다.

나는 다리에 인대 보조기를 차고 절룩거리며 정모에 나갔다. 얼마나 궁금했으면 생전 처음으로 카페 정모까지 나갔을까. 지금 생각하면 그때부터 이미 나는 성우라는 직업에 많은 관심을 갖고 있었던 것 같다.

어쨌든 내 생각이 맞았다. 카페 회원들에게 물어보니 두 배우의 역할을 한 성우는 같은 사람이었고, 바로 이정구 선배님이었다. 훗날 선배님과 가까운 사이가 된 후에 이 에피소드를 말씀드렸더니 놀라면서도 기뻐하셨다.

"도형아, 참 신기하고도 고마운 인연이다."

소중하지 않은 꿈은 없다

우연히 나간 카페 정모를 계기로 나는 자연스럽게 성우 지망생 모임에 발을 들이게 되었다. 당시에는 성우 지망생들이 모인 3대 카페가 있었다. 그중 보이스액터는 내가 처음 찾았을 때 회원이 수만 명에 이를 정도로 규모가 컸다.

내가 정모를 갔던 그날은 마침 보이스액터에서 가장 큰 행사가 있는 날이었다. 40~50여 명의 회원이 한자리에 모여서 성우 시험에 응시하는 회원들의 합격을 기원하는 고사를 지내는 날이었던 것이다. 그 카페 출신 성우분들도 모두 참석해서 지망생 후배를 응원하기로 되어 있었다. 그때 제일 먼저 도착한 성우는 MBC 전속 성우인 박신희 누나였다. 〈오버워치〉의 트레이서와 〈쿠키런: 킹덤〉의 코코아맛 쿠키로 이름을 알린 유명 성우다.

방송사 전속 성우와 사적인 자리에서 함께 대화를 나누고 밥을 먹는다는 것 자체가 너무나 신기했다. 사인을 받고 싶어서 주저주저하는데 누나가 나랑 몇 마디 대화를 나누더니 불쑥 내 목소리에 대해 칭찬을 하는 게 아닌가.

"목소리가 엄청 미성이네. 성우 한번 해보세요."

"네? 제가요?"

내가… 성우를? 태어나서 처음 들어본 말이었다. 프로 성우에게서 성우를 해보라는 칭찬을 듣다니…. 너무 놀라우면서도 한편으로는 가슴이 뛰었다. 그 말은 내게 너무도 깊이 각인되었다.

누군가 나의 숨은 능력을 알아봐줄 때 인생은 완전히 새로운 국면에 접어들 수 있다. 고등학교 시절 내 목소리의 잠재력을 일깨워준 교생 선생님의 말이 그랬고, 본격적으로 성우라는 직업을 꿈꾸게 해준 신희 누나의 말이 그랬다. 그래서 나 역시 학생 대상으로 강연을 할 때마다 항상 그때의 일을 떠올린다. 내가 무심코 던지는 말 한마디가 그들 인생에 큰 영향을 미칠 수 있다는 생각을 하면서 말이다.

성우 지망생 모임은 나에게 커다란 유대감과 즐거움을 안겨주었다. 지망생 카페 형들이 나에게 해준 조언은 평범한 대학생이 성우의 꿈을 갖기에 충분한 동기부여가 되었다.

"도형아, 나는 네 미성이 참 좋아."

내 목소리를 좋아하고 장점을 발견해준 형과 누나들이 아니었다면 대학도 졸업하기 전에 성우 시험에 도전하는 용기를 내지 못했을 것이다. 그렇게 나는 우연인 듯 필연인 듯 꿈을 품고 성우가 되기 위한 준비에 매진하기 시작했다.

합격인 줄 알았던 시험, 충격에 빠지다

성우 스터디를 하면서 정말 많은 분들의 도움을 받았다. 특히 보이스액터 운영자 중 한 명이었던 정종훈 형은 나에게 친형과 같은 존재였다.

카페 모임에 나가면 형들이 으레 하는 말이 있었다.

"목소리가 미성이고 좋네. 대학 졸업하고 몇 번 시험 보면 합격할 수 있겠어."

"직장 다니다가 20~30대 초반쯤 성우가 되면 딱 좋겠다!"

어찌 보면 성우 지망생 누구에게나 해줄 법한 조언이다. 하지만 종훈이 형은 달랐다. 형은 나보다 나에 대해 더 큰 확신을 갖고 있었다.

"넌 꼭 성우가 될 놈이야. 내가 볼 때 넌 시험 보면 바로 합격할 것 같다."

종훈이 형은 유독 이 말을 자주 했다. 성우에 대한 막연한 동경만 갖고 있던 대학생에게 종훈이 형의 확언은 믿기 어려웠다. 하지만 형의 말은 서서히 끌어당김의 힘으로 작용해서 어느새 성우가 내 운명처럼 느껴지기 시작했다.

"난 널 처음 본 순간 바로 알았어. 넌 꼭 성우가 될 것 같았어. 확신했다!"

지금도 형은 종종 나에게 이렇게 말한다.

그 당시 나는 다른 지망생들에 비해 나이가 어려 적잖은 주목을 받았다. 인대 수술로 군대를 면제받아 남들보다 일찍 성우 시험에 응시할 수 있었고, 당시에는 드문 미성이었기에 다른 지망생들에 비해 눈에 띌 수밖에 없었다.

하지만 나에게 관심이 집중되면서 마음의 상처를 입기도 했다. 그때마다 종훈이 형은 "신경 쓰지 말고 너 자신한테 집중해. 넌 어차피 될 놈이니까"라고 말해줬다. 그 말이 내게 얼마나 큰 힘이 되었는지 형은 알까? 종훈이 형은 내가 성우에 대한 꿈을 잃지 않게 항상 나를 지탱하는 힘이 되어주었다.

처음부터 쉽게 되는 일은 없다

나의 첫 번째 도전은 2003년 MBC 공채 시험이었다. MBC가 마지막으로 공채 성우를 뽑던 그해에 지원했던 나는 낙방의 고배를 마셨다. 1차 시험은 큰 공개홀에서 진행되었는데, 나무판으로 만든 임시 가림막을 두고 조마다 해당 구역에 들어가서 시험을 봤다.

시험은 한 페이지 분량의 다섯 개 단문短文 중 본인이 하나를 골라서 연기하고 잘했을 경우 심사 위원이 추가 연기를 시키는 방식이었다. 단문 두 개를 연기하고 돌아서서 나오려는데 심사 위원인 피디님이 나를 불러 세웠다.

"잠깐만요."

그러고는 나를 가만히 쳐다보더니 이렇게 물었다.

"나이가 어리네? 아직도 무직 상태인가요?"

당시는 규정상 대학교 재학 중에는 시험을 볼 수 없었다. 그래서 부득이 지원서에 '고졸'이라고 썼기에 들은 질문이었다.

"성우 공부는 어떻게 했어요?"

나는 순간 너무 당황해서 TV를 보고 열심히 따라 했다고 얼버무렸다.

"흠, 3번 해봐요."

3번 연기까지 마쳤더니 이번에도 진짜 혼자 공부한 거 맞냐고 물으셨다.

"네, 열심히 TV 보면서 따라 했습니다."

"고졸이라고 되어 있던데 지금 하는 일이 있나요?"

더 이상 거짓말을 하면 안 될 것 같아 솔직히 답했다.

"사실 지금 대학교 2학년 재학 중입니다. 그런데 그렇게 쓰면 결격 사유라고 해서 고졸로 썼습니다."

"아, 그래요?"

순간 피디님의 표정이 확 바뀌는 게 보였다. 나중에 들은 후일담인데 비록 시험에서 낙방했지만 나의 미성이 심사 위원들에게 제법 좋은 인상을 남겼다고 한다.

2004년 봄에는 EBS에 응시했다. 1차 시험은 1인 2역이었는데 나에게는 너무 어려운 과제였다. 당연히 1차에서 고배를 마셨다.

그 후 11월에는 KBS에 도전했다. KBS는 여타 방송국과는 달리 2차가 최종시험이었다. 그런데 놀랍게도 1차 합격자 명단에 내 이름이 있는 게 아닌가.

'만 스물한 살짜리가 KBS 공채 시험에서 2차까지 가다니!'

이 소식은 엄청난 사건이었다. 게다가 그해는 KBS가 공채 제도에 나이와 학력 제한을 없앤 첫해였는데 운 좋게 내가 그 행운의 주인공이 된 것이다.

2차는 1차와 동일하게 연기 시험을 봤고, 최종 면접이 추가되었다. 면접장에는 본부장님부터 사장단이 쭉 앉아 있었는데 아무도 나를 주목하지 않았다.

'그래, 내가 벌써 합격하면 그게 더 이상한 거야.'

서운하고 한편으로 씁쓸한 마음을 위로하며 방송국을 나섰다. 그런데 지망생들 사이에 퍼진 놀라운 소문이 내 귀에까지 들려왔다.

"합격자 중에 남씨가 있다던데? 심지어 나이가 20대 초반이래."

누가 들어도 그건 바로 내 이야기였다! 그 소식을 들은 성우 지망생 카페 형들은 나보다 더 기뻐했다. 그냥 있을 수 없다며 다들 홍대 앞 막걸릿집에 모여 신나게 술을 마셨다. 기뻐서 축하해주는 형들 틈에서 나는 내가 합격했다는 사실이 실감 나지 않았다. 그리고 다음 날 합격자 발표 명단이 올라왔다. 그런데 거기에는 내 이름이 없었다.

어안이 벙벙했다. 그 모든 게 하룻밤의 꿈이었다는 생각에 너무 허망해서 눈물이 났다. 손에 꼭 쥐고 있던 보물을 느닷없이 빼앗긴 느낌이랄까. 한동안 망연자실한 채 무기력하게 보냈던 기억이 난다.

내 인생에서 손에 꼽을 큰 해프닝이었던 이 일의 사연

인즉슨 이렇다. 누군가가 최종 합격자를 선발하기 전에 1.5배수로 올린 후보 리스트를 우연히 본 것이었다. 그리고 그 리스트에 올라간 나를 두고 심사 위원들 사이에서 여러 차례 회의가 이어졌다고 한다.

KBS 내부에서는 내가 다른 방송사에 합격할 수도 있으니 바로 뽑자는 쪽과 다른 한쪽에서는 나이가 어리기도 하고 내년에도 기회가 있으니 내년에 다시 평가해보자는 쪽이 팽팽하게 맞섰던 것이다.

나는 이 이야기를 훗날 나를 뽑아주신 피디님에게 들을 수 있었다.

도망치듯 미국으로 떠난 이유

그런데 이 이야기가 당시 지망생들 사이에 퍼졌다. 그때부터 나는 심적으로 큰 부담감을 느꼈다. 말 그대로 가시밭길의 시작이었다. 스터디에 가면 '넌 어차피 내년에 될 텐데 왜 공부하러 왔냐'는 식의 빈정거리는 말을 듣기도 했다. 아직 어렸던 나에게 그런 말은 상처였고 심적으로 위축될 수밖에 없었다.

그때 유일하게 나를 잡아준 사람이 바로 종훈이 형이다. 형 덕분에 마음을 추스르고 다시 시험 준비를 하던 때였다. 김청기 감독님이 연출을 맡았던 〈로봇 태권브이〉 복원판이 제작된다는 소식을 들었다. 그런데 지망생이던 내가 주인공 훈이 역으로 캐스팅되었다. 그러면서 MBC 〈생방송 화제집중〉 프로그램에도 소개되었다. 어린 나이에 큰 기회를 얻자 주변의 시선이 마냥 곱지만은 않았다. 그래서였을까. 성우 시험 날짜가 가까워지면서 마음이 더 심란해졌다. 거기에다 대학 졸업반이 되면서 시험에 떨어지면 어쩌지 하는 막막한 생각마저 더해졌다.

불안함과 복잡한 심경을 떨칠 수 없었고 어디론가 떠나고 싶었다. 아니, 도망치고 싶은 심정이었다. KBS 성우 시험이 11월로 예정되어 있었는데, 여름방학 때 미국 LA에 있는 삼촌 집으로 향했다. 나의 미국행은 일종의 현실 도피였다.

미국에서 보낸 3개월은 나에게 많은 변화를 안겨주었다. 하루 10달러로 생활하면서도 마냥 좋았다. 캘리포니아의 햇살과 너른 대지 덕분에 마음이 한결 평온해지고 당장 졸업 후 삶이 아닌 인생 전반을 조망할 수 있는 여유도 갖게 되었다. 처음으로 성우가 아닌 다른 삶도 생각해볼 수 있었다.

'그래, 성우가 아닌 다른 길도 있을 거야. 난 아직 무엇이든 될 수 있는 시기잖아!'

미국에서 보낸 3개월은 조급하고 불안했던 내 마음을 다시금 단단하게 만드는 시간이었다.

만 22세에 최연소 성우가 되다

66 　　　　미국에서 몸과 마음을 제대로 충전하고 한국에 돌아오니 당장 KBS 성우 시험이 코앞이었다. 하지만 그때 나는 미국으로 가서 공부한 후, 삼촌이 타던 포드사의 자동차를 파는 세일즈맨이 되어야겠다는 나름의 계획을 세우던 차였다. 다만 가기 전에 마지막으로 후회 없이 시험을 보자는 마음으로 응시했다.

스터디를 하는 4년간 성우가 되기를 간절히 바랐으나 이제 나와는 너무 먼 이야기 같았다. 이번 시험에 합격할 거라는 기대도 전혀 없었다. 공채 성우가 되는 과정은 낙타가 바늘구멍을 통과하듯 힘든 일임을 잘 알고 있었기 때문이다. 남자 지원자만 3,000여 명이 되었는데 그중 여섯 명을 뽑으면 경쟁률이 거의 500대 1이다. 게다가 연기를 전공하지도 않은 평범한 대학생인 나에게 그 길은 점점 더 멀게만 느껴졌다.

머리와 마음을 모두 비우면 생기는 일

그 와중에 해프닝도 있었다. 성우 지망생 선배님들이 FC서울 프로 축구 팀 장내 아나운서를 한다는 소식을 듣고 겸사겸사 놀러 갔는데 경품 응모에 참여했다가 세부 여행권에 당첨된 게 아닌가. 그것도 한 달 뒤 바로 떠나는 일정이었다. 성우 시험에 합격할 거라는 기대가 없던 나는 예약까지 마쳤다. 그런데 KBS 성우 시험 최종 일정 공고를 보니 세부에서 귀국하는 날이 2차 시험 당일이었다. 결국 나는 세부 여행을 포기했다. 만약 그때 내 욕심으로 세부에 갔다면 지금의 내가 있을 수 있었을까?

2005년 시험에 관한 기억은 아직도 생생하게 남아 있다. 한마디로 너무나 강렬했다. 그래서인지 1차 시험 때 본 대본은 아직까지도 기억이 난다. 아마도 합격에 대한 기대가 전혀 없었기 때문일 것이다. 그때 나는 '내 모든 것을 원 없이 발산하고 홀가분하게 떠날 테다'라고 마음먹었다.

1차 시험 때, 두 번째 단문 연기를 마치고 고개를 들었더니 감독관 피디님 두 분이 서로 쳐다보며 고개를 끄덕이시는 게 보였다.

그중 한 분은 이후 나와 줄곧 전속 생활을 함께하게 된 임종성 피디님이었다. 하여튼 그때 시험장을 나오면서 강한 직감이 들었다. 1차는 통과하지 않았을까 하는 느낌! 문제는 2차 시험이었는데 시험 전까지 열흘 정도 시간이 있었다. 원래는 그 사이에 세부에 갈 생각도 있었다. 그런데 그 이야기를 들은 외삼촌이 엄청 화를 냈다.

"네가 지금 제정신이냐! 합격하면 내가 세부 보내줄 테니까 가지 말고 시험에 집중해."

외삼촌의 불호령을 듣고는 세부행을 포기하고 2차 시험을 준비했다. 총 이십여 명이 왔고 그중 여섯 명이 뽑히는 상황이었다. 워낙 쟁쟁한 실력자들이 모인 자리인지라 떨리는 마음으로 차례를 기다렸다.

그런데 막상 내 차례가 다가오니 긴장감이 조금씩 잦아들었다. 아마도 욕심이 없었기 때문일 터다. 그 덕에 심사위원 자리에 앉아 계신 분들의 얼굴이 모두 눈에 생생하게 들어왔다. 당시 시험장에는 KBS 성우 극회장 신분으로 참석한 김환진 선배님도 계셨다. 선배님은 〈지구방위대〉 후뢰시맨 레드와 〈드래곤볼〉의 손오공도 맡고 계셨기 때문에 너무나도 잘 알고 있었다.

2차 시험이 끝나고 면접을 보는 자리에서 임종성 피디님이 물었다.

"본인 발음하고 연기가 부족하다는 생각 안 해봤어요?"

분명 단점을 지적당한 거라 당황할 법도 했을 텐데 나는 전혀 주눅 들지 않고 해맑게 대답했다.

"아, 그런가요? 합격하면 열심히 노력해서 더 발전하겠습니다."

내 대답에 임종성 피디님은 "허허허" 하며 웃어넘기셨다.

그 외에 면접 때마다 자주 받은 질문 중 하나는 '어린 나이에 어떻게 공부했는지'와 '성우에 대한 꿈을 갖게 된 이유'였다. 그때마다 나는 대학 입학 때 다리를 다친 사연부터 성우 지망생들과 함께 행복하게 보냈던 시간에 대해 말했다.

"졸업의 문턱에 서서 뒤돌아보니 저한테 남은 건 성우밖에 없더라고요."

최종 면접까지 모두 마치고 나오는데 당시 본부장님과 나란히 복도를 걷게 되었다. 본부장님께서 나를 빤히 바라보시길래 꾸벅 인사를 드렸다.

"성우가 좋아요?"

"예! 천직인 것 같습니다."

그때 내가 천직의 의미를 진지하게 고민했을 리가 없다. 그런데 나도 모르게 불쑥 그런 대답이 튀어나왔다. 그랬더니 본부장님께서 웃으시면서 내 등을 툭 치셨다.

"또 보자고."

순간 나는 망부석이 된 것처럼 그 자리에 딱 멈춰 섰다. 본부장님의 뒷모습을 물끄러미 바라보며 머릿속에서는 그 말의 의미를 곱씹어봤다. 아무리 생각해봐도 그냥 하는 인사말이 아니었다. 곧 보게 될 거라는 뉘앙스였다.

'진짜 내가 합격했나?'

순간 온몸에 소름이 돋았다.

드디어 최연소 성우 합격

"KBS 성우실인데요, 축하드립니다. 최종 합격하셨습니다."

합격 소식을 듣자마자 엉엉 울었다. 지난 4년 동안 성우 지망생으로 나름 힘든 시간을 보내면서 참아온 눈물이 한꺼번에 터진 것이다. 그러고는 바로 어머니께 전화했다.

"엄마, 나 성우 됐어!"

어머니와 합격의 기쁨을 나누며 잠시 꿈결 같은 시간

"성우가 좋아요?"
"예! 천직인 것 같습니다."
"또 보자고."
'진짜 내가 합격했나?'
순간 온몸에 소름이 돋았다.

을 보냈다. 그렇게 2005년 기준, 나는 만 스물두 살 나이로 강수진 선배님의 뒤를 이어 대한민국 남자 성우 최연소 합격자가 되었다.

내가 합격했다는 소식은 성우 지망생들 사이에 큰 화제가 되었는데 나뿐 아니라 그해 동기들 중에도 대단한 사람들이 많았다. 〈나는 자연인이다〉의 내레이션을 맡고 있는 정형석 형, 〈더 퍼스트 슬램덩크〉의 '정대만' 역을 맡고, 〈셜록〉에 참여했던 장민혁 형도 동기다. 또 나와 함께 디즈니 〈미키마우스〉에서 '미니마우스'를 맡고 있는 안소이 누나도 내 동기다.

어떻게 내가 방송국 공채 성우가 될 수 있었을까? 그 기적 같은 일이 내게 일어난 원동력은 뭘까? 지금도 일이 힘들고 지칠 때 초심을 찾아야 한다는 생각이 들 때면 이런 질문을 떠올려본다. 그때의 나와 19년이라는 시간이 흐른 지금의 내가 다시 시험을 본다면 과연 누가 합격할까?

실력이나 노하우 면에서는 당연히 지금의 내가 훨씬 뛰어날 것이다. 하지만 나는 단연 19년 전 성우 지망생 남도형이 합격할 것이라고 생각한다.

모든 업이 그렇지만 성우라는 직업도 결국 나와의 싸움이다. 나이와 환경, 주변 사람의 시선 등 나를 둘러싼 기대와 평가에 대한 중압감을 이겨내지 못한다면 결코 성공적인 커리어를 만들어나갈 수 없다.

그런 의미에서 보면 19년 전의 나는 뭐든 할 수 있다는 패기가 있었고, 다양한 능력을 개발하려는 의지가 있었다. 그리고 무엇보다 열정적이었다. 지금의 나보다 연륜과 실력은 뒤질지언정 자신감과 기세만큼은 단연 앞설 것이다. 그것이 당시 내가 최연소로 입사할 수 있었던 원동력이 아닐까 싶다.

프로의 벽은
이렇게나
높구나

KBS 공채 성우가 되면 일정 기간 방송국 소속 성우로만 활동을 해야 한다. 그 이후는 프리랜서로 자동 전환된다. 지금은 2년으로 줄었지만 내가 입사했던 당시에는 전속 기간이 3년이었다. 그런 의미에서 보면 방송국은 직장이자 성우 양성소이기도 하다. 그래서 전속 기간은 일하면서 공부하는 기간이고, 3년 후 프리랜서로 전환되면 그때부터 비로소 신인 생활이 시작되는 셈이었다.

실제로 사단법인 한국성우협회 정회원의 기준을 보면 '한국성우협회가 지정한 방송사의 전속을 거친 자에 한해 정회원으로 인정한다. 전속은 준회원에 해당한다'라는 문구가 있다. 그러니 성우 활동을 5년간 해도 프로 데뷔 후 2년 차에 불과하므로 신인이라 볼 수 있었다.

합격의 기쁨도 잠시, 줄줄이 오디션에 떨어지다

내가 성우로 합격한 해는 나이와 학력 제한이 없어져 최연소 합격자인 나와 나이 차가 제일 많이 나는 형은 열한 살 위였다. 어린 나이에 성우가 되고 여러모로 관심을 받으면서 외부에서 녹음하자는 연락이 많이 왔다. 물론 전속 기간이라 할 수 없었다.

한번은 사내에서 오디션 의뢰가 들어온 적이 있었다. 내가 아역을 잘한다고 선배님들이 추천해주신 덕분이었다. 하지만 아쉽게도 기대에 부응하지 못하고 떨어지고 말았다. 그때 담당 피디님이 나에게 이런 말을 했다.

"주변에서 다들 엄청 잘한다고 해서 기대했는데⋯. 아직은 많이 부족하네요."

성우가 된 후 그런 이야기를 들은 첫 오디션이었다. 이후 KBS 라디오 드라마 〈라디오 극장〉을 할 때도 비슷한 일이 있었다. 연습실에서 리딩하던 중 쥐구멍에라도 들어가고 싶은 경험을 했다. 〈최초의 여성 의병장 윤희순〉을 녹음할 때였다. 나는 윤희순의 막내아들 역이었는데, 대사를 했더니 담당 피디님이 한숨을 쉬면서 이렇게 말했다.

"발음과 연기가 너무 심각하네⋯ 어떻게 하죠?"

곧이어 내 연기를 두고 토론이 시작되었다. 십여 명의 선배님이 계신 자리에서 그렇게 공개적으로 꾸짖음을 당하니 정신이 아득해졌다. 나에게는 정말 잊지 못할, 아니 잊어서는 안 될 순간이었다. 최연소 성우 합격생으로 핑크빛 미래가 펼쳐질 줄 알았지만 현실은 생각보다 더욱 냉혹했다.

한번은 동기생 형이 나를 연습실로 부르더니 진지하게 걱정하면서 조언해주었다.

"도형아, 이렇게 연기하면 프리랜서로 나가서 일도 제대로 하지 못하고 흐지부지 되어버릴 수도 있어."

그날 형의 진심 어린 충고에 마음이 아팠다. 하지만 '비 온 뒤에 땅이 굳는다'는 말은 나에게도 통했다. 호되게 꾸지람을 듣고 높은 현실의 벽을 체감한 덕분에 나는 냉철하게 내 실력을 평가할 수 있었다. 그 이후 매 순간 배우는 자세로 최선을 다했고 덕분에 연기가 나날이 늘어갔다. 오세홍, 김일, 유해무 선배님 등 훌륭한 스승님들의 진심 어린 조언을 체화하면서 연기란 무엇인지 하나씩 깨쳐나갔다. 나의 연기가 매주 달라지고 있는 게 느껴졌다.

한번은 피디님이 부르셨다.

"요즘 어떻게 연습하니? 완전히 다른 사람이 됐어."

사실 그분은 입사 최종 면접 때 나에게 스스로 발음과 연기가 부족하다고 생각해본 적 없냐고 물었던 임종성 피디님이었다. 그 일이 있고 3년 만에 비로소 피디님에게 인정받은 셈이다.

그렇게 나는 프리랜서를 앞두고 나만의 목소리와 연기

를 지닌 진정한 성우로 조금씩 거듭나고 있었다.

약이 된 그 말, "본인만의 연기를 해보세요"

전속 시절에는 성우 일 외에도 다양한 업무를 소화해야 한다. 물론 이는 분야를 막론하고 사회 초년생이 거쳐야 하는 과정 중 하나일 것이다.

그 당시 전속 성우라면 반드시 해야 하는 고정 프로그램을 우선적으로 하면서 개인 프로그램도 맡았다. 특히 라디오 드라마가 많았는데 나도 요일별로 여러 프로그램을 했다.

한 시간 동안 라이브로 신문을 읽어주는 〈오늘의 신문〉도 했다. 매주 월·수·금요일에는 〈라디오 극장〉, 목요일에는 〈다큐멘터리 역사를 찾아서〉, 〈라디오 독서실〉, 〈인물 한국사〉, 월요일과 수요일에는 〈보람이네 집〉과 〈엄길청의 성공시대〉 등의 프로그램에 참여했다.

그렇게 고정과 개인 프로그램을 오가면서 다양한 작

업을 하다 보니 실력이 쭉쭉 늘어나는 게 스스로도 느껴졌다. 신입 때 나의 문제점을 신랄하게 지적했던 피디님이 방송아카데미 성우반 강의를 하실 때 나의 공부법을 강의 교구로 쓰고 싶다며 물어볼 정도였다.

3년간의 전속 생활을 마치고 프리랜서 생활을 본격적으로 시작하자마자 각종 녹음실에서 오디션 연락이 많이 왔다. 그런데 막상 프리랜서가 되니 또 다른 세상이 펼쳐졌다.

라디오 드라마 외에 애니메이션이나 게임 등 다양한 콘텐츠를 경험해보지 못한 나에게 프로의 세계는 또다시 넘어야 할 큰 산처럼 느껴졌다. 어찌 된 일인지 오디션을 보고 나면 어디서든 비슷한 피드백을 받았다.

"아역을 잘한다고 들었는데 잘 모르겠네요."

"노래 녹음은 처음이라 어색한가 보네. 아… 본녹음도 신나게 하지는 않았네."

가는 곳마다 좋지 않은 피드백을 많이 들었고 오디션 결과도 항상 좋지 않았다.

평소 선배님들에게 "넌 프리 되면 대박 날 거다"라는

기운 나는 격려를 받다가, 프리랜서가 된 후 부정적인 피드백을 계속 받으니 헤어날 수 없는 늪에 빠진 것 같았다. 그러다 어느 순간 스스로 깨달았다.

그때 선배님들이 나에게 해주신 말씀은 내 연기를 직접 보고 들은 후 내린 평가가 아니었다. 내 목소리의 톤과 발전 가능성을 보고 말씀하신 것이었다.

문제는 그런 말을 수도 없이 듣다 보니 마치 내가 잘하는 성우가 된 듯 착각했다는 점이다. 풋내기 신인이었을 뿐인데 '프리랜서가 되기만 하면 나를 많이 불러주시겠지?' 하는 자만심이 은연중에 자리했던 것이다. 그러다가 오디션에 떨어지면서 정신이 번쩍 들었다.

프리랜서가 된 후 6개월간 그 어떤 작품도 참여하지 못했다. 각종 영상 매체와 게임 등 다채로운 콘텐츠는 날마다 쏟아지는데 내 목소리를 필요로 하는 곳은 어디에도 없었다.

그 무렵 정말 다양한 오디션을 경험했다. 하지만 결과는 참담했다. 많은 오디션에서 고배를 마셨다. 전속 생활중 해보지 못한 분야에서는 전혀 감을 잡지 못했던 것이다. 그 와중에 이런 말도 자주 들었다.

"누군가를 따라 하지 말고 자기 것, 본인만의 연기를 해보세요."

그렇게 상실감에 빠져 있던 나에게 유일하게 기회를 준 곳이 바로 KBS미디어였다. KBS미디어 피디분들은 전속 성우를 가족처럼 여기는 마음이 있었다. 그래서 프리랜서가 되고 나면 단체 오디션을 통해 눈여겨보다가 종종 녹음 기회를 주시곤 했다.

〈부탁해! 마이 멜로디〉의 왕자 역 오디션을 봤을 때의 일이다. 피디님이 물었다.

"더빙해봤니?"

"아니요."

"아직 잘 못 노네. 많이 놀아봐야겠다. 비중이 작은 배역으로 들어와서 한번 배워봐."

배역을 맡을 수 있다니, 많은 오디션에서 떨어지면서 자신감이 뚝 떨어졌던 나에게는 천금과도 같은 기회였다.

이후에도 KBS미디어 피디님들이 꾸준히 녹음 기회를 주셨다. 그렇게 나는 3년 전 성우 지망생 때의 초심으로 다시 돌아가 진정한 프로 성우로 거듭나기 위해 절치부심했다. 처음의 마음, 시작할 때의 자세로 돌아가 새로운 발걸음을 떼기 시작한 것이다.

2장

게임처럼
내 인생도
레벨업

나를 성장시킨
순간들

지옥 같았던
7개월간의 이명

🎙️   느린 속도로 성우 세계에 적응해가던 어느 날이었다. 자고 일어났는데 귀에서 엄청 시끄럽게 "삐!" 소리가 났다. 어떻게 설명하면 좋을까? 마치 텔레비전 화면 조정 시간에 나오는 소름 돋게 신경을 건드리는 듯한 소리였다. 처음엔 너무 시끄러워서 '어디서 나는 소리지? 밖에 무슨 일이 있는 건가?' 하고 의아해했다. 그런데 밖에서 나는 소리가 아니었다. 이명耳鳴, 바로 내 귀에서 들리는 소리였다.

어리고 미숙하다는 꼬리표

앞에서도 언급했지만 나는 KBS 성우 시험에서 학력, 나이 제한 철폐의 첫 수혜자라고 할 수 있다. 덕분에 스물두 살의 나이로 최종 면접까지 갈 수 있었고 그다음 해에 합격했다. 그런 특성 덕분에 내가 속했던 기수는 나를 포함해 다양한 개성과 매력의 소유자가 많았다. 일단 동기임에도 나이 차가 컸고, 각자가 경험한 직업도 살아온 인생 여정도 달랐다. 나이대, 직업군, 커리어가 다양한 사람들이 한데 모인 것이다.

나는 당시에 나이도 어리고 경험이 적어서 미숙한 부분이 많았다. "아직 어려서 그래", "사회생활을 안 해봐서 모르는 게 많네", "왜 이렇게 아는 게 없어?" 등 미숙하다, 어리다, 부족하다는 말이 항상 꼬리표처럼 따라다녔다. 뭘 하든 부담이 되었고 바짝 긴장해 있던 탓에 나도 모르게 조금씩 지쳤던 것 같다.

다소 엄격한 조직 생활 역시 낯설었다. 학교를 졸업한 뒤 처음으로 경험하는 사회생활이다 보니 적응 속도가 매우 느렸다. 당시엔 어린애 취급을 받는 게 싫어 무작정 빨리 나이 들고 싶다는 생각만 했다. 그리고 그 무렵 이명이 시작되었다.

'갑자기 왜 이런 일이 생긴 거지?'

당시엔 이유를 몰랐다. 나중에 생각해보니 아무래도 새로운 환경에서 오는 스트레스가 컸던 것 같다.

KBS라는 거대한 단체에 속해 있다는 것도 부담이었고, 처음 경험해보는 전속 생활이 낯설어 뭘 어떻게 해야 할지 잘 몰랐다. 연기자로서 자질은 한없이 부족했고, 연기 공부에 대한 고충, 선배님과 피디님에게 받는 다양한 모니터와 피드백에 대한 고민도 크게 다가왔다.

새롭고 낯선 환경과 그 안의 모든 것이 나를 짓누르는 듯한 느낌이었다. 의식적으로는 잘 견디고 있다고 생각했는데 몸이 먼저 반응한 것 같다. 스트레스와 중압감을 견디지 못한 것이다.

이명은 7개월이나 지속되었다. 끊임없이 들리는 소리에 미칠 것 같았고 점점 피폐해졌다. 그러다 보니 그 원망이 밖으로 향했다. 심지어 잠을 자는 가족이 미워 보이기까지 했다. 나는 고통 때문에 잠을 이루지 못하는데, 편하게 자는 가족이 밉고 서운했다. 그래서 한동안은 집에 들어가지 않고 회사 앞 찜질방에서 지냈다.

정말 지옥 같은 시간이었다. 밤이 되어도 잘 수 없었고 마치 커다란 우주에 나 혼자뿐인 것 같았다. 혼자라는 생각에 우울해지고, 잠을 설치니 출근하면 피곤이 몰려왔다. 당연히 연기가 잘될 리 없었다. 조용한 곳에 가면 이명이 더 크게 들려서 자꾸 밖으로만 돌았다.

받아들여야 한다면 받아들이자

병원에 다니고 약을 먹는 등 모든 방법을 동원해도 이명은 사라지지 않았다. 그 당시 내가 가장 많이 한 생각은 '왜 하필 나에게 이런 일이 생긴 거지?'였다. 내가 무슨 잘못을 했기에 이런 지옥 같은 시간을 보내야 하는지 이해할 수 없었다. 하지만 현실을 부정하고 화내고 절망하고 우울해하면서 사는 건 올바른 방법이 아니었다. 몸과 마음이 더 망가질 뿐이었다. 어떻게든 방법을 찾아야 했다. 그때 내가 선택한 방법은 현실과 맞닥뜨리는 것, 즉 있는 그대로 받아들이는 것이었다.

더 이상 왜 나인지 묻지 않기로 했다. 왜 이런 병이 찾아온 건지 예민하게 반응하지 않기로 했다. 그냥 나에게 찾아온 이명이란 병을 인정하고 받아들이자 마음먹었다. 그랬더니 희한하게도 마음이 조금 편안해졌다. 마음속에서 매일같이 들끓던 괴로움이 사그라들기 시작했다. 그렇게 부정에서 타협으로, 타협에서 수용으로 마음 상태가 조금씩 옮겨 갔다. 그 일로 '받아들여야 할 건 받아들여야 한다'는 걸 절감했다.

물론 나와는 비교도 안 될 만큼 큰 고통을 겪는 분들이 있을 터다. 그런 분들에게 비할 바는 아니지만 그럼에도 성우라는 직업을 갖고 연기를 해야 하는 내게 이명은 상당한 고통이었다. 이명을 겪고 있다는 사실을 주변에 굳이 말하진 않았는데, 성우라는 직업 특성상 항상 방음된 녹음실에 가야 했기에 나중에는 밝혔다. 방음된 공간에서는 이명이 더 심했고 고통을 참기 어려웠다.

이명은 나에게 고통을 선사했지만 이를 계기로 무너졌던 삶의 패턴을 다잡을 수 있었다. 나 자신을 돌아보며 건강을 챙기기 시작했다. 규칙적인 생활 하기, 매사에 감사하기, 쓸데없는 걱정 하지 않기, 매일 일기 쓰며 나를 돌아보기. 건강에 좋은 음식도 챙겨 먹었다. 이명에 콩이 좋다고 해서 잘 먹지 않던 된장찌개와 청국장을 먹었는데, 그러다 보니 콩으로 만든 음식이 나의 '최애' 음식이 되었다.

어쩌다 가끔 이명이 안 들리는 날은 환희에 가까운 행복이 찾아왔다. 그래서 '이명이 멈추면 꼭 하고 싶은 일'로 버킷 리스트를 만들었다. 대단한 것은 아니었다. '조용한 카페에서 책 읽기'처럼 소소한 일들이었다. 마치 꽃이 지고 나서야 봄인 줄 알게 되는 것처럼 이명을 겪으면서 아이러니하게도 평범한 일상이 얼마나 소중하고 감사한지 알게 되었다.

이명은 나에게 고통을 선사했지만
이를 계기로 무너졌던 삶의 패턴을 다잡을 수 있었다.
평범한 일상이 얼마나 소중하고 감사한지도 깨달았다.

고통 속에 나와 대화하는 법을 배우다

그렇게 이명을 겪으며 '세상에 영원한 건 없다'는 사실을 새삼 깨달았다. 유독 길게 느껴지는 힘든 하루도 있지만 어쨌든 시간은 흘러갔다. 아무리 좋은 일도, 아무리 나쁜 일도 흘러가게 마련이었다. 그걸 깨닫고 나자 변화가 생겼다. 지금 내가 보내는 이 순간이 더욱 소중하게 느껴졌다. 그래서 나에게 닥친 걱정이나 아픔에 초점을 맞추기보다 만족스러운 '지금 이 시간'을 보내는 데 더욱 집중하게 되었다.

그 무렵 이명을 극복하려면 정신적으로 단단해져야한다는 생각을 했다. 몸이 아프면 체력부터 길러야 하듯 정신을 수양하기 위해 절에 다녔다. 고요한 절에서 하는 명상은 쉽지 않았다. 고요함 때문에 이명이 더 심하게 들려왔고 너무 괴로웠다. 하지만 포기하지 않고 매일매일 가서 명상하고 기도하고 스님들을 뵀다.

성우 준비를 할 때 천태종 총본산 구인사에서 5일간 템플스테이를 한 적이 있는데, 내가 인생의 스승님처럼 모시는 성해 스님과의 인연도 그때 시작되었다. 성우가 되고 나서도 스님들과 인연을 유지하다가 이명이 심해진 시기에 다시 구인사를 찾아가 스님들을 뵌 것이다. 스님들과 이야기를 나누면서 조금씩 마음의 안정을 찾아갈 수 있었다. 그리고 다시금 '혼자 모든 걸 해결할 수는 없구나', '모두가 도와주는 가운데 나라는 존재가 있구나' 하는 걸 느꼈다.

이명으로 느끼는 힘겨움을 극복하는 과정에서 명상을 통해 나를 돌아보고 나와 대화하는 법을 조금씩 터득했다. 나와 대화를 나누며 스스로를 보듬고 다독이고 감사할 줄 알게 된 것이다.

지금도 마음이 어수선할 때면 절에 가서 나와 대화하는 시간을 갖는다. 그러다 보면 내 마음이 보이고 답도 곧 보인다. 그렇게 종교는 흔들리는 나를 잡아준 동시에 또 다른 나를 발견하게 해주었다. 인간 남도형이 인생길을 잘 걸어가는 데 필요한 단단한 내면을 갖도록 도움을 주었다.

힘겨웠던 7개월의 시간이 지나고 어느새 이명이 사라

졌다. 지금 돌이켜 보면, 고통스러웠지만 필요한 시간이었다는 생각이 든다. 이명으로 고생하던 당시에는 시간이 멈춰 있다고 생각했다. 한데 지나고 보니 가장 많이 움직이고 변화한 시기였다. 힘든 마음을 온전히 느끼려고 부단히 노력했고, 고통스러운 시간이 언젠가는 지나간다는 것도 배웠다. 그리고 의지를 다지며 성우 생활에 임할 수 있었다.

연기 면에서도 도움이 되었다. 고통, 우울, 혼자라는 외로움 등 인간을 멍들게 하는 감정을 느끼며 내면을 더 깊이 들여다보게 되었다. 인간의 감정에 대한 이해의 폭이 넓어졌고, 표현력도 더욱 발전했다. 그 7개월간 압축적으로 연기 공부를 한 셈이 된 것이다. 이명을 극복하고 나서 한 주 한 주 내 연기가 달라지는 게 스스로도 느껴졌다.

무엇보다 그 7개월은 나에 대해 생각하고 나를 많이 돌아본 시간이었다. 바빠서 정신없이 사느라 돌보지 못했던 나의 내면을 돌보았고, 멈춤으로써 비로소 더 많이 도약할 수 있었다. 무엇보다 힘겨운 시간 속에서도 뭔가를 할 수 있다는 걸 알게 되었다.

나는 매년 12월 31일에 초·중·고등학교 시절을 보낸 장소들 중 한 곳을 정해서 그곳에 가곤 했다. 프리랜서가 되던 첫해에는 내가 다닌 초·중·고등학교를 하루에 다 돌았다. 당시 나는 힘들 때면 자꾸 힘들지 않았던 과거를 추억하려 했다. 하지만 지금의 나는 마음이 복잡하고 힘들 때일수록 과거의 영광을 추억하는 대신 지금 당장 할 수 있는 일을 찾아서 한다. 반면 힘들지 않을 때는 거꾸로 좋았던 기억 속으로 추억 여행을 하면서 기운을 북돋운다.

이 방법이 모두에게 통할지는 모르겠지만 그래도 한 번 권해보고 싶다. 힘들 때일수록 당장 할 수 있는 일을 찾아서 하기. 좋은 때일수록 더더욱 행복했던 시절을 떠올리며 에너지를 최대로 끌어모으기.

{ 내 인생의
터닝 포인트가 된
작품들 }

🎤　　　　　　1990년대부터 2000년대까지는 지상
파 외화 더빙의 전성기였다. 2009년 마침내 나에게도 크
리스마스 특선 영화를 더빙할 기회가 찾아왔다. 당시 가
장 센세이셔널한 영화 중 하나인 〈트랜스포머〉의 주인공
오디션을 보러 가게 된 것이다. 만약 내가 오디션에서 합
격해 샤이아 라보프가 맡은 '샘 윗위키' 역을 하게 된다
면, 할리우드 스타 배우의 전담 목소리를 맡아 성우로서
는 큰 영예를 얻는 것이었다.

톰 행크스 전담 성우 오세홍 선배님, 브루스 윌리스 전담 성우 이정구 선배님, 〈엑스파일〉 '멀더' 전담 성우 이규화 선배님과 '스컬리'의 서혜정 선배님처럼 되고 싶었다. 샘 윗위키라는 캐릭터가 어리다는 점은 미성인 나에게 큰 이점이었기에 어느 정도 욕심이 생겼다.

아픈 만큼 나를 성장시켜준 〈트랜스포머〉

오디션을 보고 나오자마자 담당 피디님은 아주 디테일한 모니터까지 해주셨다.

"본녹음 할 때 A신에서는 지금보다 소리를 좀 더 질러야 돼. 그래야 맞아."

"네, 그런데 이거 오디션 아니었어요? 왜 모니터를 해주시나요?"

"네가 이 역할하고 정말 잘 어울리는 것 같아서 그래."

그날부터 오디션 결과가 나오기까지 들뜬 마음을 억누르기 힘들었다. 나름 혼자서 준비도 착실히 해나갔다.

하지만 결론적으로 그 배역은 내가 아닌 동기 형에게 돌아갔다.

작품마다 인연이라는 게 있다는 걸 다시 한번 절감했다. 나와 인연이 될 작품이라면 돌고 돌아 어떻게든 내게 오지만, 인연이 아니라면 단 1퍼센트의 변수로도 못 만나게 된다.

당시의 변수는 크리스마스 특선 영화 편성이었다. 연휴 첫날에는 〈트랜스포머〉가, 둘째 날에는 〈인디아나존스 4〉가 방송될 예정이었다. 그런데 공교롭게 〈인디아나존스 4〉에도 샤이아 라보프가 나오는 게 아닌가.

〈트랜스포머〉와 〈인디아나존스 4〉는 각각 2007년과 2008년에 개봉해 불과 1년밖에 차이가 나지 않는데도 그 사이 샤이아 라보프의 이미지가 너무나 달라져 있었다. 하이틴 스타의 이미지를 벗고자 〈인디아나존스 4〉에서는 와일드한 느낌의 배우로 탈바꿈한 것이다. 같은 배우가 나오는 두 작품이 연달아 방영되니 방송사에서는 고민할 수밖에 없었다고 한다.

각기 다른 성우를 써야 할지, 같은 성우로 갈지 의견

이 분분하다가 최종적으로는 두 작품 모두 한 성우가 하는 걸로 결론이 난 것이다. 그 결과 동기 형이 낙점을 받았다. 〈트랜스포머〉의 샤이아 라보프 역은 둘 다 아주 잘 어울리지만, 〈인디아나존스 4〉의 샤이아 라보프 역은 나보다 동기인 형이 더 잘 어울린다는 쪽으로 의견이 모아진 것이다. 사실 지금 떠올려보면 〈인디아나존스 4〉의 샤이아 라보프를 맡기에 내 목소리에 부족한 점이 많았다. 내가 아니라 동기 형의 목소리가 잘 맞았다.

"도형아, 미안하다."

〈인디아나존스 4〉 피디님이 연락을 해왔다. 원래 오디션에 떨어진 사람에게는 연락하는 경우가 많지 않은데 내 기대가 워낙 컸다는 걸 잘 알고 있으니 위로차 전화하신 것이다.

머리로는 받아들일 수밖에 없는 결정이지만 마음으로는 그럴 수 없었다. 그날 이후 패닉에 빠져 3일 내내 정신을 못 차렸던 것 같다.

오디션을 보기 전, 내 방 벽에 샤이아 라보프 사진과 약력을 붙여놓았다. 그리고는 오디션을 보는 5분가량의 장면을 100번 넘게 시사(더빙 녹음 이전에 영상과 대본을 미리 맞춰보는 것)했다. 그 정도로 노력하며 열정을 바치고도 그 배역에서 떨어지면 그건 내 실력이 모자란 탓이라고 되뇌었다. 오디션에서 낙방하고 돌아와 그 흔적들을 보니 마음이 더 아팠다.

하지만 그날 겪은 아픔은 내가 한층 성숙해지는 계기가 되었다. 절대 순탄한 성장은 없다는 것, 결코 혼자만의 능력으로 성장할 수 없다는 진리를 깨달았다.

그때 MBC 출신 성우 김서영 누나가 나를 진심으로 위로하며 이런 말을 해주었다.

"도형아, 지금은 그 일이 엄청나게 크게 느껴지지? 그런데 너의 긴 성우 인생에서 보면 아무것도 아니야."

누나 말이 맞았다. 당시엔 몇 날 며칠 아파했지만 이후 펼쳐진 내 성우 인생에서 그 일은 하나의 값진 경험이자 또 다른 기회의 시작점이었다. 그래서 누군가 내 인생의 첫 번째 전환점이 된 작품을 물어보면 나는 주저하지 않고 〈트랜스포머〉를 꼽는다. 아픈 만큼 성숙해진다는 아주 평범한 진리를 온몸으로 깨닫게 해준 작품이기 때문이다.

절대 순탄한 성장은 없다는 것,
결코 혼자만의 능력으로 성장할 수 없다는
진리도 깨달았다.

<트랜스포머 셉 윗위키 오디션 영상 시시횟수 체크표>

1	2	3	4	5	6	7	8	9	10
11	12	13	14	15	16	17	18	19	20
21	22	23	24	25	26	27	28	29	30
31	32	33	34	35	36	37	38	39	40
41	42	43	44	45	46	47	48	49	50
51	52	53	54	55	56	57	58	59	60
61	62	63	64	65	66	67	68	69	70
71	72	73	74	75	76	77	78	79	80
81	82	83	84	85	86	87	88	89	90
91	92	93	94	95	96	97	98	99	100

나를 알린 대표작,
〈슬럼독 밀리어네어〉와 〈페어리 테일〉

내 인생을 바꾼 두 번째 작품은 2009년 개봉한 대니 보일 감독의 〈슬럼독 밀리어네어〉다. 인도 슬럼가에 살던 주인공 '자말 말릭'이 퀴즈를 풀면서 억만장자가 되는 스토리로, 미국 아카데미상 8관왕의 영예를 안았다.

대단한 작품인 만큼 내가 캐스팅될 거라는 기대는 없었다. 그런데 뜻밖에 내가 합격하게 되었다. 설 특선 영화여서 설날 당일 밤 9시에 KBS에서 방영되었는데, 영화가 끝나자마자 여기저기서 잘 봤다는 연락이 이어졌다. 연휴가 끝나고 방송사에 나가니 선배님들도 "너무 잘 봤다. 어떻게 그렇게 잘하니" 하고 칭찬해주셨다.

그뿐 아니라 섭외 전화도 정말 많이 왔다. 얼마 전까지 오디션에 떨어지던 상황이 믿기지 않을 정도로 많은 곳에서 나를 찾아주었다. 그 후로 감사하게도 KBS 〈명화극장〉의 주인공을 일곱 번이나 하게 되었다. 2010년 〈슬럼독 밀리어네어〉를 시작으로 2011년 박지윤 누나와 〈청설〉, 같은 해 12월 이정구 선배님과 〈웰컴〉, 2014년 송두석 선생님과 〈그랜 토리노〉, 그해에 다시 이정구 선배님과 〈인 굿 컴퍼니〉를 했다. 이후 2015년에는 〈패딩턴〉, 2017년에는 〈싱 스트리트〉를 했다. 그리고 주인공은 아니지만 〈킹스 스피치〉, 〈디파티드〉, 〈후크〉 등 정말 많은 작품에 참여했다.

그리고 이후 KBS 작품뿐 아니라 외부 일도 늘어나기 시작했는데 〈슬럼독 밀리어네어〉가 성우업계에 나를 알리는 계기가 된 작품이라면, 팬들에게 나를 알린 작품은 애니메이션 〈페어리 테일〉이다.

주인공 '나츠 드래그닐' 배역으로 오디션을 보러 가는 그날이 마침 내 생일이었다. 담당 피디님은 오디션을 보고 나오자마자 "나츠 역할이 정말 잘 어울리세요"라고 말씀해주셨다. 그리고 얼마 후 합격 소식이 들려왔다. 내 인생 최고의 생일 선물이었다. 그렇게 2011년 4월 15일 처음 녹음을 시작해서 2020년 2월 7일에 마지막 녹음을 마치기까지 총 9년 동안 작품을 진행했다.

〈페어리 테일〉은 성우 남도형을 팬들에게 알린 소중

한 계기가 된 작품이다. 이 작품이 방영된 이후 어린이 팬들이 많이 늘어났고 게임 분야 일들이 들어왔기 때문이다. 그중 대표작이 〈리그 오브 레전드〉의 제이스와 라칸 역이다. 이를 시작으로 지금까지 여러 게임 녹음에 참여하고 있다.

며칠 전에 일본에서 새로운 시리즈 〈페어리 테일: 100년 퀘스트〉 방영이 결정되었다고 들었다. 다시 한번 국내에서도 나츠를 만날 수 있기를 바라본다.

〈미키마우스〉로 롤 모델에 한 발짝 다가가다

성우의 꿈을 꾸면서 자연스럽게 강수진 선배님을 내 성우 인생의 롤 모델로 삼았다. 강수진 선배님은 〈명탐정 코난〉, 〈원피스〉, 〈이누야샤〉 등 유명 애니메이션 남자 주인공을 맡아왔으며 레오나르도 디카프리오 전문 성우로도 유명하신 분이다.

성우 생활을 하면서 선배님의 그림자만이라도 좇아가

보자는 마음으로 노력을 많이 했던 것 같다. '제2의 강수진이 되고 싶다'는 꿈을 향한 항해의 시작점은 〈스파이더맨〉이었다. 〈스파이더맨〉이 나에게 왔을 때 그제야 조금이나마 선배님의 뒤를 따를 수 있다는 생각을 했다. 성우 인생 최초로 '스파이더맨 전담 성우'라는 타이틀을 달게 되면서 애니메이션 〈스파이더맨〉으로만 500편이 넘는 작품을 녹음했기 때문이다. 대중에게 성우 남도형을 널리 알리는 좋은 기회가 된 작품이다.

그다음으로 선배님에게 조금 더 다가갈 수 있는 결정적인 계기가 된 작품은 〈미키마우스〉다. 2020년 3월 13일, 나는 문자 한 통을 받고 그대로 굳어버리고 말았다. 〈미키마우스〉를 1대부터 줄곧 연출해온 박원빈 감독님이 보낸 문자였다.

"도형아, 디즈니 3대 미키마우스 오디션에 참여해주길 바란다. 배에 힘을 주고 터뜨려서 소리를 만들어야 해."

순간 심장이 덜컥 내려앉으면서 숨이 턱 막혔다. '2대 미키마우스 성우인 강수진 선배님의 뒤를 이어 미키마우스 오디션을 보라니. 내가?'

박원빈 감독님은 2013년부터 〈스파이더맨〉을 함께했으며 그전부터 나에게 많은 작품의 배역을 주셨다. 그 무렵 내게 〈미키마우스〉 더빙 자료를 주며 이런 말씀도 해주셨다.

"언젠간 선배님들이 배역을 물려주는 시기가 반드시 올 거야. 아직은 오지 않았기 때문에 말해줄 수 있는 건데, 나는 다음 미키마우스 성우에 네가 어울릴 거라고 생각해. 그러니 지금부터 〈미키마우스〉를 많이 보고 꾸준히 연습해봐."

그날 이후 오랜 시간이 흘렀고 나는 오디션을 봤다. 기라성 같은 선배님들이 10년 이상 지켜온 캐릭터이기에 무게감이 대단했던 오디션이었다. 그리고 얼마 후 평생 잊지 못할 한 통의 카톡 메시지를 받았다.

"도형아 축하한다. 내가 오래전에 예견했듯 네가 미키마우스 성우에 어울릴 것 같다고 했지? 내가 사람 보는 눈이 있다니까. 축하한다, 미키!"

그렇게 나는 남자 성우를 기준으로 미키마우스 1대 장광 선배님, 2대 강수진 선배님에 이어 3대 미키마우스가 되었다. 강수진 선배님의 캐릭터를 이어받았다는 것만으로도 더없는 영광이었다.

기적 같은 일은 또 있었다. 2016년에는 강수진 선배님과 함께 KBS 라디오 〈와이파이 초한지〉를 함께 작업하고 동시에 라디오 연기대상 최우수연기상 후보에 오른 것이다. 그 자체만으로도 나에게는 더없이 큰 영광이었다. 그런데 놀랍게도 그날 대상자로 내 이름이 호명되는 게 아닌가. 기뻤다기보다 강수진 선배님이 아닌 내가 수상하게 되었다는 부담감에 너무나 당혹스러웠다. 하지만 다음 해 라디오 연기대상에서는 더 기적 같은 일이 벌어졌다. 최우수연기상 부문에 전년도 수상자인 나와 여자 최우수연기상 수상자인 성선녀 선배님께서 시상자로 나섰다.

"2017년 라디오 연기대상 최우수연기상… 올해의 남자 수상자는 강수진!"

내가 시상자로 선배님의 이름을 호명하는 날이 오다니. 내 인생에서 이보다 더 감동적이고 감사한 순간은 없을 것이다. 그리고 그날 나는 선배님에게 평생 잊지 못할 최고의 선물을 받았다. 선배님께서 수상 소감 마지막에 내 이름을 불러주신 것이다.

"도형아, 고맙다."

나의 우상이 자신의 최고의 순간에 내 이름을 불러주신 것이다. 가슴이 벅차올라 심장이 터질 것만 같았다. 지금도 그때를 떠올리면 항상 눈시울이 뜨거워진다.

그리고 최근에 영원히 잊지 못할 뜻깊은 사건이 있었다. 강수진 선배님 역시 유튜브를 운영하고 계셨는데 '남도형 블루클럽' 라이브 방송에서 10만 구독자 달성을 하게 된 것이다.

지금까지는 항상 선배님의 뒤를 따라가며 선배님에게 많은 도움만 받아왔다. 드디어 이번 기회에 선배님에게 조금이라도 도움을 드린 것 같아 무척이나 기뻤다. 앞으로 선배님과 좋은 콘텐츠를 많이 만들며, 유튜버로서의 행보도 행복하게 동행하고 싶다. 언제나 함께….

〈원피스〉 사보,
넌 내 운명이었어!

일본의 인기 애니메이션 〈원피스〉는 성우들에게 명예의 전당과도 같은 작품이 아닐까 싶다. 워낙 유명한 작품이기도 하지만 2003년 국내에 방영될 당시 강수진, 정미숙, 김일, 김승준 선배님 등 당시 내로라하는 선배님들이 모두 참여했기 때문이다. 나도 예전부터 〈원피스〉를 엄청나게 좋아했지만 애니메이션 더빙에 합류할 수 있을 거라고는 상상하지 못했다. 그런데 운명처럼 '사보'라는 캐릭터를 만나게 되었다.

운명처럼 만나게 된 '사보'

사보는 주인공 루피의 의형제로 작품 중·후반부에 등장한다. 어린 시절 루피, 에이스와 함께 "이제 우리는 오늘부터 형제다!"라고 외치며 약속한 뒤 어른이 되어 등장한 사보의 모습에 나는 완전히 매료되었다. 어느새 사보가 등장하는 부분을 몇 번이고 반복해서 보고 피규어도 모으는 열혈 '덕후'가 되어 있었다.

내가 사보에 빠진 데는 여러 이유가 있지만 사보의 파란색 착장이 주된 이유였다. 나는 파란색을 아주 좋아한다. 평소 갖고 있는 물건도 파란색이 많고 유튜브 채널 이름도 '남도형의 블루클럽'일 정도다. 그 외에도 내가 주로 많이 담당했던 열혈 캐릭터라는 점과 금발 캐릭터라는 점 등 사보는 내가 연기하고 싶은 배역의 모든 것을 갖춘 완벽한 캐릭터였다. 그러니 어찌 성우로서 욕심이 나지 않겠는가.

내가 사보 역을 마음에 두고 있을 때는 〈원피스〉 더빙판에 사보가 등장하려면 아직 한참이나 남아 있었다. 그래서 만화책 판권을 확인하고 언제쯤 애니메이션 더빙판으로 나올 수 있을지 계산해보니 대략 2년 반에서 3년 후쯤으로 추정되었다. 다시 말해 약 3년의 시간을 기다려야만 했다.

꽤 긴 기다림이 필요했지만 개의치 않았다. 너무나도 사보 역을 하고 싶어 하던 그즈음 대원방송 녹음을 마치고 담당 피디님과 함께 저녁 식사를 하던 날이었다. 피디님과 이런저런 일상적인 대화를 나누다가 아주 조심스럽게 여쭤봤다.

"혹시 〈원피스〉의 '사보'라는 캐릭터를 아십니까?"

순간 피디님은 의아하다는 표정을 지었다. 한참 후에야 등장할 캐릭터를 물어보니 이상하기도 했을 것이다. 하지만 오히려 내 입장에서는 말하기가 편했다.

"2년 반 혹은 3년 뒤에 나올 캐릭터인데, 제가 워낙 오래전부터 좋아하고 연기해보고 싶은 캐릭터라서요…. 나중에 사보가 나올 때쯤에 저도 오디션 볼 기회를 얻을 수 있을까요?"

정말이지 너무나 간절했다. 오디션만이라도 꼭 보고

싶었다. 그리고 피디님이 간결하게 답변을 주셨다.

"네, 기회를 보죠."

하긴 3년 가까이 남은 작품이니 더 이상 할 말이 없는 게 당연했다. 그럼에도 막연한 기대를 품고 그날이 오기를 기다리던 어느 날, 이게 무슨 운명의 장난인가. 피디님이 퇴사를 하게 되었다. 그 소식을 접했을 때 어찌나 허탈하던지…. 하지만 이내 생각을 고쳐먹었다.

'나에게 올 기회라면 어떻게든 오게 마련이야. 인연이 된다면 꼭 기회가 올 거야.'

본격적인 성우 활동을 하면서 깨달은 바가 한 가지 있다. 앞서 언급했던 것처럼 진정 나의 인연이 될 사람이나 기회는 언제가 됐든 반드시 만나게 된다는 사실이다. 인연이 아니라면 아무리 원해도 오지 않는다. 다양한 배역과 선후배, 동료를 만나면서 깨닫게 된 사실이다. 그러니 안달복달하지 말고 내 방식대로 준비하면서 기다리자고 마음먹었다. 그리고 그렇게 간절히 바라니 그 인연은 어떻게든 나에게 기회라는 얼굴로 다시 다가와주었다.

드디어 '덕업일치'의 꿈을 이루다

〈원피스〉 사보 오디션이 다가올수록 과연 나에게 기회가 올지 걱정이 가득했다. 그렇게 며칠 내내 고민을 거듭하다가 문득 이런 생각이 들었다.

'왜 오디션을 볼 기회가 오길 기다리고만 있지? 내가 의지를 보여야 하는 거 아닌가?'

그러고는 사보 피규어와 음료를 들고 후임 피디님을 찾아갔다.

"피디님, 제가 꼭 하고 싶은 캐릭터가 있는데 이제 곧 등장할 것 같습니다. 제가 3년 가까이 기다리며 준비하던 캐릭터인데 꼭 오디션을 보고 싶어요. 오디션만이라도 볼 기회를 주실 수 있을까요?"

그때 나는 너무나 진지한 표정으로 오래 담아온 말을 힘들게 꺼냈다. 그런데 정작 담당 피디님은 내 고민이 무색하게 흔쾌히 답해주었다.

"오디션이야 보시면 되죠. 문제될 거 없습니다. 먼저 말씀해주셔서 감사합니다."

그로부터 한 달 만인 2019년 5월 4일 연락이 왔다. 얼마나 간절히 기다렸는지 지금도 그 날짜를 정확히 기억하고 있다.

"안녕하세요, 성우님. 〈원피스〉 담당 ○○○ 피디입니다. 사보 오디션 보려고 하는데요."

'사보 오디션'이라는 두 단어가 내 귀에 꽂히는 순간 소리를 지를 뻔했다.

그렇게 오랜 시간 준비하고 기다리던 오디션을 보고 나면 결과가 나오기까지 대체로 불안하고 떨리기 마련이다. 그런데 사보 오디션은 느낌이 남달랐다. 오디션을 보기 전에는 이루 말할 수 없는 설렘이 느껴졌다. 오디션을 마치고 난 후에는 이상하게도 더없이 후련했다. 결과와 상관없이 오디션을 보는 것 자체가 내 목표였던 것이다. 그래서인지 평온한 마음으로 결과를 기다렸다.

그러던 어느 날 다른 작품을 녹음하는데 카톡 메시지가 날아왔다. 바로 합격 통보 연락이었다. 녹음하다 말고 엉엉 소리 내서 울었다. 나중에 안 사실인데 당시 사보 오디션에 정말 많은 성우 분들이 참여했다고 한다.

그렇게 오랜 시간 〈원피스〉를 좋아하던 나는 성우가 되어 〈원피스〉 사보 오디션을 보고 마침내 사보 역을 맡은 성공한 '덕후'가 되었다.

첫 녹음을 하러 간 날, 동료 성우분들이 나를 꼭 껴안아주었다. 내가 〈원피스〉를 얼마나 좋아하는지 그곳에 있는 모두가 잘 알고 있었기 때문이다. 그리고 그 녹음 현장에는 강수진 선배님이 계셨다. 그날만큼은 내가 세상에서 가장 행복한 사람이었다.

나의 스승,
나의 워너비

🎙️   내 성우 인생에 영감을 주고 지대한 영향을 미친 선배님이 무척 많다. 다 이야기하자면 책 한 권이 부족할 지경이다. 하지만 그중에서도 내가 가야 할 길을 먼저 걸어가신 오세홍 선배님과 김일 선배님은 꼭 이야기하고 싶다. 두 분이 유독 나를 예뻐해주셨기 때문일까? 나 역시 유독 두 분을 따랐다.

내가 가야할 길을 먼저 열어주신 분

톰 행크스와 '짱구 아빠' 목소리로 유명한 오세홍 선배님을 처음 뵌 건 2006년이었다. 선배님은 내가 일을 시작할 무렵 이미 모두가 인정하는 대선배님이었다. 그리고 나는 워낙 오래전부터 그분을 존경했던 터라 아주 빠른 속도로 가까워졌다.

오세홍 선배님은 1969년에는 연극으로, 1976년에는 성우로 데뷔했다. 그리고 여러 면에서 성우가 가야 할 길을 개척해준 분이다. 그 당시만 해도 남자 아역은 여자 성우가 하는 경우가 대부분이었는데, 오세홍 선배님이 남자 성우 최초로 아역을 맡았다. 성우 데뷔 후 아역을 많이 맡았던 내게 남다른 인사이트를 준 분이기도 했고 그만큼 감사한 마음이 클 수밖에 없었다.

성우 역시 연기를 하는 배우이기에 자기 연령대와 발맞추어 이와 어울리는 배역을 맡는 것이 이상적인데, 현실적으로는 그게 쉽지 않다. 그런 면에서도 선배님은 먼저 그 길을 열어주신 분이다. 선배님께서 앞서 그 길을 걸어가주신 덕분에 나 역시 나이가 들어감에 따라 내 나이에 맞는 역할을 맡고 싶다는 소망을 갖게 되었다.

오세홍 선배님과 KBS 외화 〈삼국지〉란 작품을 같이 할 때였다. 나는 '조자룡' 역을 맡았는데 선배님이 같이 연기를 하고 나서 처음 한 말이 "너 연기 참 잘한다"였다. 대선배님의 칭찬에 나는 얼떨떨했다. 게다가 선배님이 칭찬에 인색한 분으로 알고 있던 터라 더욱 놀랐다. '칭찬을 잘 안 하시는 분인데, 나를?' 선배님이 해주신 칭찬의 말이 계속 맴돌았다. 몸 둘 바를 모를 정도로 부끄러우면서도 행복했다.

사실 선배님과 가까워진 계기가 또 있다. 바로 따님 덕분이다. 오세홍 선배님의 따님이 고등학교 방송제를 하는데, 성우 음성이 필요하다는 요청이 왔다. 그 일을 도와준 것을 계기로 따님뿐 아니라 오 선배님 가족분들과도 가까워질 수 있었다. 그 인연을 통해 한 달에 한 번 정도 계속 만남을 가졌고, 다양한 행사를 통해 선배님과 함께했다.

성우는 바르게 말하는 사람이다

오세홍 선배님은 내게 항상 이런 이야기를 해주셨다.

"도형아, 내가 생각하는 성우의 모토는 '바르게 말하자'야."

선배님은 말의 태도, 삶의 태도, 특히 올바른 마인드를 중요하게 여겼는데, 그것을 모두 바르게 해야 한다고 강조하셨다. 마음 자세, 언어, 연기, 감정, 그리고 겹받침 띄어 읽기, 고저장단, 한글과 외래어의 발음 차이 등 문법적 기본기까지 포함한 모든 것이 연기라는 것이다. 사실 나는 연기가 풍부한 감정의 표현이라는 협소한 생각을 하고 있었다. 그런 내게 선배님은 내가 미처 생각하지 못한 부분을 일깨워주셨다.

"도형아, '이 말을 할 모든 준비가 되어 있는가?'를 항상 스스로에게 물어봐야 해. 성우는 바르게 말하는 게 중요하다."

글과 말에는 오랜 역사가 포함되어 있다. 그것을 모른 채 그저 현상만 보고 말하는 건 올바른 말이 아니다. 말의 뿌리와 역사를 알아야 올바른 말을 할 수 있다. 사실 당시에는 선배님의 말씀이 무슨 뜻인지 오롯이 이해하진 못했다. 바르게 말하자는 그 한마디 말이 지닌 엄중한 무게와 깊은 의미를 그때의 선배 나이에 가까워진 지금에서야 비로소 제대로 알 것 같다.

내가 어떤 말을 할 때 이 말을 하기까지 생각이 잘 정리되어 있는가. 누군가에게 말 한마디를 한다는 게 성우로서 얼마나 어렵고 대단하고 감사한 일인지 알고 있는가. 연기적으로는 그 말 한마디를 하기 위해 얼마나 많이 고민하고 분석했나. 내가 이 말을 할 때 올바른 감정을 잘 인지하고 있는가. 내가 이 말에 대한 문법적인 내용을 잘 숙지하고 있는가. 이 모든 걸 항상 묻고 확인하라는 의미였던 것이다.

오세홍 선배님은 마인드, 감정, 문법적인 기본기를 비롯해 내가 가야 할 길을 잡아준 멘토 같은 분이다.

나를 변화시켜준 연기 스승님

SBS 프로그램 〈솔로몬의 선택〉, 〈생활의 달인〉 내레이션과 성룡 전담 성우로 유명한 김일 선배님은 웃음도 눈물도 많고 감정 표현이 풍부하셔서 기질적으로는 나와 비슷한 면이 많았다. 선배님과는 우연한 기회에 친해졌다. 함께 녹음했던 작품을 끝내고 술자리를 한 적이 있는데 대뜸 이렇게 말씀하셨다.

"너 연기 참 잘한다. 몇 살이냐?"

그 후로 연기를 마치고 술자리를 자주 가졌고 가깝게 지냈다. 선배님은 동료 선후배나 관계자분과 함께할 때면 입버릇처럼 이런 말씀을 하셨다.

"이놈 보면 나 옛날 때가 생각나. 꼭 나 보는 거 같지 않아요? 이놈은 연기 잘해서 이뻐. 성우는 연기를 잘해야 해."

그뿐만이 아니다. 나를 어찌나 예뻐해주셨는지 볼 뽀뽀(?)도 자주 해주셨다. 이처럼 유독 내게 애정을 많이 주고 아껴주시는 선배님이 나도 정말 좋았다.

김일 선배님은 녹음 현장에서 내가 가장 오랜 기간 만났던 선배님이기도 하다. BBC 드라마 〈닥터 후〉 5~7시즌을 3년여 동안 같이 더빙하면서 정말 가깝게 지냈다. 선배님은 연기에 대한 기본기가 탄탄했고, 연기 철학이 누구보다 분명했다. 그리고 그런 것들을 내게도 많이 알려주셨다.

오세홍 선배님을 통해 성우가 지녀야 할 마인드와 자세에 대해 배웠다면, 연기적인 기본기나 철학은 김일 선배님에게 많이 배웠다.

이제 나는 그때의 김일 선배님 나이가 되었다. 지금의 나를 돌아보니 어떤 면에서는 김일 선배님의 연기를 많이 좇아가고 있는 듯하다. 그리고 두 분을 생각하면 마음이 따뜻해지고 그저 감사한 마음만 가득하다. 선배님들이 해주신 칭찬의 말, 예뻐해주시는 마음. 어린 나는 그게 그렇게 기쁘고 좋았다. 선배님들에게 칭찬받고 싶어서 두 분 작품을 더 많이 보고 더 열심히 했다. 내가 기본기를 탄탄히 다질 수 있었던 것도, 엇나가지 않고 바른길로 갈 수 있었던 것도 선배님들 덕분이다.

내게 애정을 가득 쏟아주신 분, 마음의 스승이 되어 길을 열어주신 분. 선배님들을 추억하며 이런 생각을 한다. 나는 어떤 선배가 되어야 할까? 어떤 길로 나아가야 할까? 선배님들이 그랬듯 나 역시 후배들에게 새로운 이정표를 만들어줄 수 있을까?

　요즘 들어 곁에 없는 두 분이 유독 많이, 너무나도 많이 그립다….

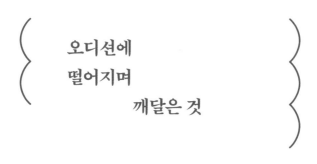

오디선에
떨어지며
깨달은 것

 　　　　　내가 싫어하는 말이 있다.

"괜찮아, 다음에 잘하면 돼!"

나의 노력을, 실력을 좀 더 보여줬더라면 가질 수 있었던 기회. 더 열심히 했더라면, 더 치열했더라면 성취할 수 있었던 기회. 그걸 놓친 후 애써 현실을 외면하는 것 같았기 때문이다.

놓쳐버린 기회, 실패한 미션은 아픈 법이다. 아픈 게 당연하다. 그런데 다음에 더 좋은 기회가, 더 큰 성공이 올 거라는 낙관은 현재 당면한 아픔과 문제를 회피하는 일일 수 있다.

나의 과거를 돌이켜봐도 아픔이 눈 녹듯 저절로 사라지면 좋았으련만 그렇지 못했다. 그리고 내면 깊숙이 누적된 아픔은 생각지도 못한 일이 트리거가 되어 불시에 터져버리는 경우가 있었다.

무방비로 그런 일을 겪으면 번아웃이 되고, 우울증에 빠지고, 슬럼프가 찾아올 수 있다. 그러니 상처를 받거나, 아프거나, 문제가 생기면 외면할 게 아니라 그때그때 온전히 느끼면서 해결해나갈 필요가 있다고 생각한다.

최대한 아파하고 최대한 행복해하기

나는 아픔이 찾아오면 회피하지 않고 그것을 100퍼센트, 300퍼센트, 아니, 1,000퍼센트 강도로 느끼는 편이다. 가슴 찢어지게 아파하고 괴로워한다. 그만큼 간절히 바랐기 때문에 아픔과 고통도 크다.

아주 작은 실패에도 나는 아파한다. 남들에게는 대수롭지 않은 일, 사소한 일로 보일지 몰라도 나는 매번 혹독하게 가슴앓이를 한다.

반대로 아무리 작은 것이라 해도 나를 찾아온 기회에는 온전히 행복해하고 감사해한다. 그 일이, 그 기회가 내게 오기까지 얼마나 많은 우여곡절을 겪었는지 알고, 얼마나 소중하고 감사한지를 이제는 알기 때문이다.

나는 힘들고 속상할 땐 그 순간 최대한 아파하고, 행복하고 즐거울 땐 그 순간 최대한 행복해한다. 이는 내가 살아오면서 터득한 삶의 지혜이기도 하다. 아픔을 다음으로 미루지 않기에 문제를 정면으로 바라볼 수 있고 문제의 원인도 바로 찾을 수 있었다. 또 상처가 곪아 터지는 것도 막을 수 있었다.

그래서 나는 이런 명언들을 마음에 새겼다.

'다음은 없다.'

'지금 내가 겪는 아픔을 온전히 느껴야 한다.'

'힘들 만큼 힘들어야 벗어날 수 있다. 그렇지 않으면 결코 다음 단계로 나아갈 수 없다.'

그래서 나는 '괜찮아'라거나 '다음에'라는 말로 놓쳐 버린 기회를 외면하지 않으려 항상 노력한다.

어떤 현상을 온전히 느끼되 끌려가지 않기

사람들은 대부분 나쁜 일이 생기면 최대한 빨리 잊으려 한다. 아픔을 겪지 않으려는, 혹은 이를 극복하기 위한 나름의 노력이다. 19년 동안 수없이 많은 오디션을 봤고 수없이 떨어졌던 나 역시 처음엔 그랬다. 괜찮은 척하며 덮어두고 회피하려고 했다. 그런데 달라지는 게 없었다. 그저 모른 척할 뿐 실패의 고통과 아픔은 여전히 그 자리에 있었다.

2012~2013년 무렵이었던 것으로 기억한다. 개인적으로 아주 큰 사건을 겪었고 혼자서는 도저히 감당하기 어려웠다. 어떻게 하면 좋을지 몰라 도움을 청하기로 했다. 답을 찾기 위해 나의 스승이신 성해 스님을 찾아갔다.

성해 스님께 너무 괴롭고 힘들다고 토로하며 조언을

구했다.

"스님, 아무리 털어내려 해도 벗어날 수 없습니다. 어떻게 하면 이 괴로움과 아픔을 끊어낼 수 있을까요? 그 방법을 알고 싶습니다."

그러자 스님께서 물으셨다.

"도형아, 진정한 강함이 무엇인 줄 아니?"

나는 이렇게 힘든데 갑자기 강함의 의미를 물으시다니 대체 이게 무슨 소리인가 싶었다.

"글쎄요… 잘 모르겠어요."

"어떤 현상을 온전히 느끼되 그 현상에 끌려가지 않는 것, 이게 진정한 강함이다. 지금 너를 아프게 하는 현상을 온전히 느껴봐. 그럼 강해질 거야!"

스님과 대화를 나누며 마음이 조금 안정되긴 했지만 그 말의 의미를 온전히 깨닫고 치유받은 건 아니었다. 이후 힘든 일이 생길 때마다 그 말을 떠올렸다. 마치 주문을 외우듯 그 말을 계속 곱씹었다. 그러다 어느 순간 머리를 한 대 맞은 듯 어떤 깨달음이 번쩍 떠올랐다.

'결국 가장 소중한 건 나 자신 아닌가? 그래, 이 아픔

114

을 내가 온전히 느껴야겠구나. 나조차 내 아픔을 외면하면 누가 나를 보듬지? 남도 나를 알아주지 않는데 나라도 나를 알아줘야 하지 않나? 나쁜 일이라고 해서 피하려고만 하면 안 되지.'

그제야 비로소 성해 스님이 하신 말씀의 의미를 이해할 수 있었다. 그리고 그 말씀을 다시 나의 방식으로 해석해 나만의 인사이트로 만들었다. 좋은 일처럼 아픈 일 또한 내 것이니 있는 그대로 느껴보자 싶었다. 고통과 아픔 또한 결국 내가 열심히 임했기 때문에 찾아오는 것 아닌가.

'그래, 온전히 느껴보자.'

그럼 온전히 느끼되 끌려가지 않는다는 건 뭘까? 쉽게 설명하자면 '온전히 느끼지도 않고 그 현상에 끌려가는 것'과 반대되는 것이다. 이건 '다음에 더 좋은 기회가 올 거야. 다음에 더 좋은 기회가 오면 이 아픔도 금세 잊히겠지'라는 마음과 같다. 앞에서도 말했듯 그런 태도로 자기 아픔을 외면하면 나중에는 감당할 수 없이 한꺼번에 쏟아져 나올 수 있다.

한때 작품 오디션에 연속으로 떨어진 적이 있었다. 연이어 오디션에 떨어지니 자존감이 많이 낮아지고 심장이 쿵 내려앉는 느낌이 자주 들었다. 그 때문에 앞으로 나아가는 게 두려워졌다.

그렇게 내면의 나와 씨름하고 고통스러워하다가 '온전히 느끼되 그 현상에 끌려가지 않는 것'의 의미를 깨우친 순간, 비로소 탈출구가 보이기 시작했다.

'이거였구나. 나는 지금 온전히 느끼지 못한 채 그 현상에 끌려가고 있었구나. 그저 피하기만 했을 뿐 진짜 멀쩡했던 게 아니었구나. 극복한 게 아니라 애써 외면하고 묻어두고 회피했던 거구나.'

그러고는 지금까지 오디션에서 떨어진 작품을 다 찾아서 모니터했다. 온전히 느끼기 위해서였다. 캐스팅된 성우가 어떻게 연기했는지, 내가 그 성우보다 어떤 점이 부족하고 나와 어떤 차이가 있는지 살펴봤다. 아픔을 회피하지 않고 정면에서 마주 보기로 한 것이다.

〈트랜스포머〉를 다시 보게 된 것도 깨달음을 얻은 이후다. 물론 마음이 쓰라리지만 작품들을 보고 나니 놀랍게도 나의 부족한 부분이 보이기 시작했다. 그 작품들을 다시 찾아보지 않았다면, 다른 성우분들의 연기를 주의 깊게 보지 않았다면 끝까지 몰랐을 일이다. 그렇게 나는 내가 어떻게 성장해야 할지 깨달았다.

그런 과정을 거친 뒤 오디션을 본 작품이 일본 드라마 〈민왕〉이다. 국무총리인 아버지와 아들의 영혼이 바뀌는 설정이다. 연속해서 오디션에 떨어지다가 〈민왕〉 오디션을 보는데 왠지 자신감이 넘쳤다. 그러고 나서 일주일 뒤 합격 연락을 받았다. 오디션에 탈락한 작품들을 보며 나를 분석한 것이 좋은 결과로 이어진 것이다.

머리로 이해하는 것이 아니라
마음으로 공감하는 것

나는 지금도 여러 장르의 작품을 찾아본다. 특히 내가 떨어졌던 작품, 그리고 내가 했던 작품은 더 집중해서 모니터를 한다. 연기를 할 때 모니터링이 얼마나 도움이 되는지 직접 경험했기 때문이다.

나의 깨달음과 달리 '온전히 느끼지 않고 끌려가면' 어떤 일이 벌어질까? 결국 번아웃이 오고 지쳐 나가떨어질 수밖에 없을 것이다. 그런데 '온전히 느끼면서 끌려가는' 경우도 있다. 나는 그것도 경험해봤다.

특정 시기에 어떤 성우와 오디션에서 계속 맞붙는 일이 생겼고 공교롭게도 몇 번이나 떨어졌다. 사실 오디션에 붙었다는 건 내가 아닌 누군가는 떨어졌다는 말이기도 하다. 누군가는 또 그 일로 아픔을 느낀다는 뜻이다. 붙는 사람이 있으면 떨어지는 사람이 있는 게 당연하다. 프로의 세계에서 겪어내야 할 숙명이다. 나도 그렇고, 선배들도 그랬고, 후배들도 그렇게 성장하고 있을 것이다.

어쨌든 그런 일이 반복되다 보니 나도 모르게 그 동료를 질투하는 마음이 생겨나고 있었다. 그러다 보니 역효과가 났다. 다른 사람에 대한 질투나 부러움이 반복되니 결국 그 피해가 부메랑처럼 나에게 돌아왔다. 오디션에 계속 떨어지면서 잘 먹지도 못하는 술을 계속 마셨다. 그러다 보니 몸이 망가지고 다음 날 목이 잠겼다. 목 상태가 좋지 않으니 일에 지장에 생겼다. 그야말로 악순환이었다. 그런 일을 겪으면서 불현듯 스님의 말씀이 떠올랐다.

'이거구나! 온전히 느끼면서 끌려간다는 말의 의미가!'

그 가르침을 비로소 이해할 수 있었다. 그러고 나서 조금씩 변화가 시작되었다. 하루는 녹음이 끝나고 회식 자리에서 마침 그 성우가 내 앞자리에 앉게 되었다. 그날 그 자리에서 용기를 내 솔직히 고백했다.

"○○ 씨, 사실 한동안 ○○ 씨를 질투하고 부러워했어요. 그러면 안 됐는데 정말 미안해요."

그렇게 말하고는 고개 숙여 사과했다. 막상 그 성우는 그런 내 마음을 전혀 모르고 있었다고 했다. 동료는 오히려 솔직하게 얘기해줘서 고맙다며 손을 잡아주었고 그 마음이 감사해 나도 코끝이 찡했다.

그날, 나는 부러움과 질투로 스스로를 괴롭히던 나를 떠나보냈다.

결국 나를 보듬어줄 사람은 나 자신

시간이 흘러 지금의 나이가 되니 어떤 현상을 온전히 느끼되 끌려가지 않는 것의 진정한 의미를 알게 되었다. 물론 지금도 오디션에 떨어지면 힘들고 아프다. 그런데 그 아픔을 온전히 느끼며 겸허히 받아들일 수 있는 정도까지는 왔다. 내가 이만큼 아픈 건 내가 그만큼 진심이었고 열정을 가졌고 자신에게 떳떳할 정도로 노력했다는 증거다. 많이 노력했으면 그만큼 많이 아프고, 적게 노력하면 또 그만큼 적게 아프다.

내가 나를 보듬는 게 말처럼 절대 쉽지 않다. 어려운 일이지만 반드시 필요하다. 내가 나를 외면하는 순간 어느 누구의 이야기도, 위로도 귀에 들어오지 않는다. 내가 나의 이야기를 들을 수 있어야 다른 사람의 이야기도 들리는 법이다. 그런 진리를 터득하고 나니 기분이 태도가 되어 끌려다니는 일이 줄었다.

이제는 아픔을 회피하거나 거기 빠져 허우적대며 일상을 망치지 않는다. 마음은 아파도 그건 그것대로 마주

하고, 내게 닥친 또 다른 일은 그 일대로 해낼 수 있게 되었다.

어떤 현상을 '온전히 느끼되 거기에 끌려가지 않는다'는 말은 바로 나 자신과의 대화에 가깝다. 내가 나의 감정을 바라보는 행위, 그리고 나와 대화를 나누는 행위, 말하자면 자기 객관화라고나 할까. 어떤 책에선가 그걸 메타인지라고 지칭하는 걸 보았다. 내가 나와 제대로 소통하게 된 이후로는 대인 관계도 덩달아 좋아졌다. 어떤 사람을 만나든 그 사람의 장점이 먼저 보였다. 원래도 사람에게서 좋은 면을 먼저 보려 했지만, 이제는 그 사람의 감정을 온전히 느끼고 공감하려는 적극적인 노력까지 하게 됐다.

실패와 좌절을 마주하는 것은 무척 힘든 일이지만 그 순간에 고통을 온전히 겪어야 그다음 단계로 갈 수 있다. 10년 전에 성해 스님에게 들은 이야기를 비로소 온전히 이해하게 됐다. 몸과 마음으로 직접 겪으며 체득한 덕분이다.

나는 오늘도 나 자신과 솔직한 대화를 하려 한다.

세상 모든 관계는 결국 나에게서 비롯되므로.

시간이 쌓여야
얻을 수
있는 것이 있다

2005년은 내 인생에서 가장 큰 이정표와도 같다. KBS 32기 전속 성우 시험에 최종 합격한 해이기 때문이다. 그리고 정식으로 입사한 2006년 1월 2일의 기억을 떠올리면 아직도 가슴이 쿵쾅거릴 정도로 설렌다.

그때 아나운서분들과도 같이 입사식을 했다. 나와 기수가 같은 아나운서는 오정연, 전현무, 최송현, 이지애 님 등이 있다. 신입 교육 때 양지운 선생님과 배한성 선생님을 비롯한 하늘 같은 선배님과 피디님도 많이 오셨는데, 당시 〈엑스파일〉의 스컬리 역으로 활발히 활동하시던 서혜정 선배님도 있었다.

그날 선배님은 이런 말씀을 하셨다.

"이제는 더 이상 성우로 시작해서 성우로 끝나는 시대가 아니에요."

성우로 일하면서 쌓은 활동과 경험을 토대로 보다 더 다양한 영역으로 뻗어나가라는 선배님의 조언은 이제 막 성우의 세계에 입문한 나에게 큰 영감을 주었다. 그리고 유튜버가 된 후 그 말의 진정한 의미를 체감하고 있는 중이다.

굿네이버스와의 아름다운 인연

내가 굿네이버스와 인연을 맺고 활동하는 것 역시 성우 일에서 확장된 활동이다. 굿네이버스는 나와 가장 인연이 깊은 단체다. 글로벌 아동 권리 전문 NGO로 해외 아동 결연부터 다양한 지원 사업을 하고 있다.

나는 2012년 2월 29일 굿네이버스에 처음 기부를 했다. 'SBS 희망TV'라는 특집 프로그램의 내레이션을 맡은 것이 계기가 되었다. 우리는 상상도 못할 열악한 환경에 놓인 아프리카 차드 아이들의 모습을 눈앞에서 보게 된 것이다.

차드의 아이들은 왕복 몇 시간씩 걸어서 학교에 다니고, 수업이 끝나고서는 일과의 대부분을 강에서 벽돌을 만들며 보냈다. 벽돌 한 개를 팔면 20원을 버는데 100개를 팔아야 2,000원을 손에 쥘 수 있다. 지구 반대편에서 매일 끼니와 먹을 물을 걱정하는 아이들이 많다는 건 알고 있었지만, 내레이션을 하면서 아이들의 실상을 구체적으로 보니 이루 말할 수 없이 참담한 기분이 들었다. 영상을 보고 마음 아파하는 것만으로는 그 아이들의 현실을 바꿀 수 없다는 생각에 곧바로 후원을 결심했다. 그때 프로그램을 진행하며 연결된 단체가 굿네이버스이고, 그렇게 오랜 인연이 시작되었다.

차드에 희망학교를 짓고 식수 사업을 하는 데 도움을

주기 위해 한 달에 3만 원 정도 기부하기 시작했다. 내가 처음으로 후원한 아동은 '안토이네'다. 그때는 나도 성우 일을 막 시작한 시기였고, 집안 사정도 좋지 않은 때라서 적은 액수로 기부를 시작했다.

다만 그때 내가 목표로 삼은 두 가지가 있었다. 첫 번째는 안토이네를 끝까지 후원하자는 것과 매년 한 명씩 후원 아동을 늘려 10년 후에는 열 명의 아동에게 힘이 되어주자는 것이었다. 그들이 모두 자립해서 결연이 종료되기 전까지는 절대 후원을 끊지 말자고 스스로 다짐했고 그 약속을 지켜나가며 매년 새로운 인연을 맺었다.

2013년에는 굿네이버스에서 회원을 대상으로 한 유튜브 영상에 나를 소개해준 적이 있었다. 그 인터뷰를 하면서 더욱 굳게 다짐하게 되었다. 그렇게 인연을 이어가다가 2022년 9월 굿네이버스와 두 번째 인터뷰를 하게 되었다. 첫 인터뷰 후 거의 10년 만에 한 인터뷰였는데 여러모로 감회가 새로웠다. 나를 둘러싼 많은 것이 너무나 달라져 있었기 때문이다.

두 번째 인터뷰를 할 때 나는 어느덧 17년 차 성우에

이르러 있었다. 성우로서 다양한 경험을 했을 뿐 아니라, 30만 구독자를 달성한 유튜버이자 각종 행사 MC도 맡고 있었다. 나도 이제 경력과 인지도가 어느 정도 쌓였기에 대중에게 굿네이버스가 많이 알려지도록 더욱 적극적으로 인터뷰에 임했다.

그리고 이 당시 내가 후원하는 아동은 열 명이 넘은 상태였다.

"성우님, 10년 동안 정말 다양한 경력을 쌓아오셨네요. 저희와 함께할 것도 많을 것 같습니다. 앞으로도 계속 저희와 함께해주세요!"

2013년 나를 인터뷰했던 피디님과 다시 만나니 감회가 새로웠다. 피디님은 당장 연말에 있을 회원 대상의 '좋은이웃 콘서트'에 강사로 나와달라고 제안하셨다. 행사에서 나눔에 대한 이야기를 해주면 좋겠다는 것이었다. 그날 나는 행사를 무사히 끝내고 후원 아동 한 명과 새롭게 인연을 맺었다. 이후 현재까지 내가 후원하는 아동은 총 열세 명으로 늘었다. 10년이라는 시간이 쌓였기에 얻을 수 있었던 소중한 인연들이다. 그들 중 19세가 되면서 후원이 종료된 아동도 세 명이나 있는데 그 아이들의 사진은 지금도 갖고 있다.

나눔은 어린 시절 던킨도너츠와 같다

그 후로도 굿네이버스와의 인연이 이어졌다. 유튜브 홍보 영상과 광고의 내레이션 같은 일을 계속 제안하셨는데 2023년 8월에는 전 직원 연수에 초청 강사로도 가게 되었다. 그때 부모님을 모시고 갔는데 너무나 뿌듯해하셨다.

그 행사에서 나는 '나눔이란 무엇인가'에 대한 생각을 이야기했다. 나는 작은 성의와 나눔이 누군가에게는 삶을 지탱하는 도움을 줄 수도 있다는 걸 누구보다 잘 알고 있다. 유년 시절 우리 집은 형편이 그다지 좋지 않았는데 당시 어머니는 호텔에서 일하셨다. 그때 나는 너무 어려서 어머니가 어떤 일을 하시는 줄 모르고 매일같이 호텔로 전화를 했다. 내가 전화할 때마다 어머니가 난감한 목

내가 후원하는 아동은 총 열세 명으로 늘었다.
10년이라는 시간이 쌓였기에
얻을 수 있었던 소중한 인연들이다.

소리로 전화를 받았던 기억이 난다.

내가 전화한 날이면 어머니는 그날 받은 팁을 모아서 던킨도너츠나 아주 가끔은 호텔 베이커리의 카스텔라를 사다 주셨다. 그때 내가 더없이 행복해하며 먹은 빵에 얽힌 사연은 훗날 다 커서야 들을 수 있었다. 월급은 생활비로 써야 했기에 투숙객이 놓고 가는 팁으로 아들의 간식을 사주었던 것이다.

팁은 주는 사람 입장에서는 큰 금액이 아니었겠지만 당시 우리 집에는 큰 도움이 되어주었다. 이처럼 나의 작은 나눔이 누군가에게는 커다란 역할을 할 수도 있다. 내가 굿네이버스를 통해 지속적으로 후원하는 것도 이런 이유에서다.

후원 중 1년에 한 번 아동당 5만 원씩 선물금을 보내는 프로그램이 있다. 열세 명 어린이에게 보낼 선물금을 이체하고 나면 그렇게 기분이 좋을 수가 없다. 앞으로도 꾸준히 이 행복을 마음껏 누릴 생각이다.

'10년 후의 나'는 지금 이 시간이 만들어낸다

유명한 성우가 돼서 대중의 관심과 사랑을 받고 싶다고 생각한 적도 있다. 하지만 10년 차가 넘어가면서 정말 중요한 일은 서둘러 찾아오지 않을뿐더러 재촉한다고 결실을 맺는 게 아니라는 걸 알게 되었다. 묵묵히 견뎌내고 겪어나가야 하는 일이 훨씬 더 많았고, 그렇게 받아들이는 과정에서 성장할 수 있었다.

그 무렵부터 감사하게도 나를 불러주는 곳이 점점 많아졌다. 그러면서 새로운 일도 두려워하거나 당황스러워하지 않고 차분하게 나의 잠재력을 이끌어낼 기회로 삼을 여유도 갖게 되었다. 그런 식으로 묵묵히 쌓아온 시간의 힘은 대단했다.

"시간이 쌓여야만 얻을 수 있는 것이 있다."

내가 가장 자주 하는 말이다. 어쩌면 성우로서뿐만 아니라 내가 해온 모든 활동을 꿰뚫는 핵심 메시지인지도 모르겠다. 급조해서 되는 일은 없다. 일이든 인연이든 묵묵히 시간을 견뎌내며 열심히 겪어나갈 때야 비로소 열매를 맺을 수 있다고 생각한다. 굿네이버스와의 약속은 그렇게 해서 맺은 열매 중 하나다.

시간과 인연이 쌓여 지금의 나를 만들었다는 생각을 하면, 지금 이 순간이 더없이 소중하게 여겨진다. 이 시간과 인연이 켜켜이 쌓여 만들어진 '10년 후 남도형'은 어떤 모습일까? 너무 궁금하다.

내가 맡은
배역과
사랑에 빠지다

지금까지 수없이 많은 캐릭터를 맡아
왔다. 내가 맡은 캐릭터는 어느 것 하나 소중하지 않은
것이 없다. 그럼에도 유독 기억에 남고 애정을 쏟게 되는
캐릭터가 있다.

애니메이션 〈페어리 테일〉의 '나츠 드래그닐', 〈피니
와 퍼브〉의 '피니 플린', 그리고 〈미라큘러스: 레이디버
그와 블랙캣〉의 '블랙캣'이 그들이다.

나와 함께 성장한 캐릭터

아직도 내 대표작 중 많이 거론되는 것이 〈페어리 테일〉의 나츠 드래그닐이다. 이 애니메이션을 보며 어린 시절을 보낸 이들 중 지금 성인이 된 사람도 있고, 그 당시 꿈을 키웠던 지망생 중 성우가 된 사람도 있다. 〈페어리 테일〉은 현재 시즌 11까지 나왔는데, 한 시즌에 20여 회만 쳐도 대략 220편 이상을 한 셈이다.

성우가 한 작품을 100편 이상 한다는 것 자체가 결코 흔한 일이 아니다. 그런데 200편 넘게 했으니 그것만으로도 내게는 남다른 의미가 있는 작품일 수밖에 없다.

2011년부터 방영된 디즈니 애니메이션 〈피니와 퍼브〉도 거의 비슷한 시기에 참여한 작품이다. 역시 이 애니메이션을 보며 자란 많은 아이들이 성인이 됐다. 이 애니메이션을 보며 청소년기를 보낸 팬들이 가끔 연락해올 때면 감회가 새롭다. 그들이 내가 한 작품과 함께 자랐고, 그들의 성장기에 추억으로 남았다는 걸 생각하면 울컥할 때도 있다.

지나고 나서 생각해보니 나의 초창기 성우 시절을 함께 보내며 같이 웃고 운 작품들이다. 어찌 보면 그 작품들 자체가 성우 남도형인 동시에 내 인생인지도 모르겠다.

성우 인생의 격변기에 찾아온 블랙캣과 아드리앙

〈미라큘러스: 레이디버그와 블랙캣〉은 2016년부터 8년 동안 해온 작품으로, 나는 이 작품을 맡으면서 전환기를 맞았다. 내 19년 성우 인생을 대략 3기로 구분할 수 있는데 블랙캣을 만날 무렵까지를 1기라 할 수 있고, 블랙캣을 기점으로 전환이 시작된다.

이 작품에 유독 많은 애정을 쏟게 된 것은 무엇보다 팬들의 사랑 덕분이다. 블랙캣을 하고부터 많은 팬이 생긴 것은 물론이고 새롭고 다양한 경험을 했다. 그중 하나가 팬들이 모여 함께 즐기는 행사인 '서울코믹월드'에 참석한 것이다. 보통 2,000~3,000명이 참석하던 행사인데 2016년에는 무려 6,000명이 참석할 정도로 큰 호응을 얻었다. 현장에는 금발로 염색하고 블랙캣 코스프레를 한 팬을 꽤 많이 볼 수 있었다. 애니메이션을 사랑하는 이들을 만나 함께 호흡하고 교감하는 경험은 설렘 그 자체였다.

그뿐 아니라 이 작품 덕분에 최초로 외국인 팬이 생기기도 했다. 한국 팬은 물론 해외 팬까지 많은 이들에게 과분할 정도로 사랑을 받았다. 사인회와 인터뷰 요청이 많아졌고, 다양한 행사에 자주 참여하게 되었다. 덕분에 "안녕, 마이 레이디"라는 블랙캣 대사를 족히 몇만 번은 했을 것이다. 이처럼 〈미라큘러스: 레이디버그와 블랙캣〉은 애니메이션 팬들에게 나를 제대로 알린 작품이다.

그러던 어느 날, 팬들의 이벤트 행사에 초청받았는데 일본 팬 한 분이 나를 보자마자 눈물을 주르륵 흘렸다. 이벤트에 참석하려고 전날 밤에 한국에 도착했고 출근하기 위해 그날 밤 다시 일본으로 돌아간다는 것이었다. 내게는 그 모든 일이 놀라움 그 자체였다.

'아니, 정말 이렇게까지 해서 나를 보러 해외에서 오셨다고?'

아이돌도 아닌 나를 보기 위해 비행기를 타고 우리나라에 왔다니…. 그날 그분과의 대화를 통해 일본에 내 팬이 꽤 많다는 걸 알게 됐다. 내겐 너무 놀라운 일이었고 믿기지 않는 행복이었다.

'정말 나를 보러 온 거라고?'

일본 팬분을 만난 몇 개월 후 마침 '잼 프로젝트'라는 일본의 유명한 밴드 가수 공연에 초대를 받았다. 대원방송 성우인 김혜성이라는 친구와 일본에 동행했다. 나는 SNS에 '저녁 8~9시경 하네다 공항에 도착 예정'이라는 글을 올려보기로 했다.

과연 일본 팬분들이 얼마나 올지 궁금했다. 혜성이와 아무도 나오지 않는다면 굴욕 인증숏을 찍자는 이야기까지 나눈 상태였다.

드디어 하네다 공항에 도착했다. 기대 반 걱정 반으로 카트를 끌고 공항 문을 나서는데 "와아!" 하는 함성이 들려왔다. 40여 명에 달하는 팬들이 플래카드를 들고 나와 있었다. 함성을 듣고는 하네다 공항 직원들이 모여들었고, 인파가 많아져 공항 경찰이 와서 인솔할 정도였다.

얼떨떨한 사람은 나뿐만이 아니었다. 옆에 있던 혜성이도 그 광경을 보고 적잖이 놀랐다.

"형 대체 뭐야, 이게?"

"몰라. 이게 무슨 일일까?"

나를 보려고 팬분들이 공항까지 마중을 나오다니, 믿기지 않았다. 그 자리에서 팬분들도 울고 나도 울었다.

그런데 얘기를 나누다 보니 다들 공항에서 밤을 새우고 5시 첫차를 탄다고 했다. 팬분들이 너무 고생하실 것 같아 걱정이 되던 차에 다행히 모두가 성인이어서 꽤 규모가 큰 이자카야로 향했다. 그곳에서 사진도 찍고, 음성 녹음도 해주고, 사인도 해주며 그야말로 즉석 팬미팅을 했다.

그리고 일본에서 정식으로 팬미팅을 하겠다는 약속을 하고 서울로 돌아왔다. 그날 한 명 한 명 사진 찍어 저장해놓은 팬들 이름을 보니 그리움이 몰려왔다. 얼마 뒤 당시 나의 팬 카페 'Silvery Voice' 스태프들의 도움으로 일본에서 무사히 팬미팅을 진행할 수 있었다.

그뿐만 아니라 블랙캣 역할 덕분에 이탈리아, 스웨덴에서도 팬레터를 받기도 했다. 내가 성우가 아니었다면 이렇게 많은 이들에게 사랑받을 수 있었을까? 이 작품이 아니었다면 이런 행운이 찾아왔을까?

그래서 지금도 열심히 블랙캣 성우로 활동하고 있으며, 대본도 완성고까지 모두 소장하고 있다. 2015년 7월 22일 오디션을 본 〈미라큘러스: 레이디버그와 블랙캣〉은 그야말로 내게는 오래 함께해온 가족 같은 작품이다.

다양한 이름으로 불리는 그 모두가 '나'다

블랙캣은 원래 아드리앙 아그레스트라는 평범한 10대 학생으로, 상냥하지만 내성적이고 조금 소심한 친구다. 하지만 아드리앙이 블랙캣으로 변하면 굉장히 쾌활하고 자신감 넘치는 캐릭터가 된다. 어떻게 보면 변신 전후 반

전 매력을 보여주는 전형적인 캐릭터라고 할 수 있다.

시즌이 거듭되면서 아드리앙은 조금씩 성장하고 자아가 강하게 발현되기 시작한다. 그래서 블랙캣이 아닌 아드리앙으로 있을 때도 쾌활하고 자신감 넘치는 모습을 보일 때가 종종 있다.

그런데 생각해보면 나 역시 그들과 비슷한 시절이 있었다. 가끔 그들이 내 삶에 투영되곤 하는데, 성우 남도형일 때의 모습과 인간 남도형일 때의 모습이 사뭇 다른 때가 있었기 때문이다.

성우로서 일할 때는 활기차고 자신감 넘치는 반면, 인간 남도형은 다소 소극적인 면도 있었다. 그런데 놀라운 건 아드리앙의 변화를 함께 겪으면서 나 역시 아드리앙처럼 변화하고 발전했다는 사실이다. 지금 나는 행사 MC, 쇼 호스트, 유튜브 진행자 등 다양한 활동을 하고 있다. 그중에서 특히 MC 남도형이라는 타이틀을 얻게 된 것이 바로 아드리앙을 맡으면서부터다.

'가면을 써야만, 혹은 변신을 해야만 나로 완성되는 게 아니다. 그 모든 곳에 있는 내가 모두 나다.'

어쩌면 이것이 〈미라큘러스: 레이디버그와 블랙캣〉이
진정으로 하고 싶었던 얘기가 아닐까 생각한다.

아드리앙이 블랙캣이 되어야 완성되는 게 아니듯 나도
마찬가지다. 성우 남도형이기 전에 인간 남도형일 때도
내가 할 수 있는 뭔가가 있을 거라는 생각이 확장되면서
유튜버의 길로 인도해줬고, 다양한 모습의 나로 존재하게
해주었다.

아드리앙을 보면서 이런 게 진짜 애니메이션이 발휘하
는 긍정적 효과가 아닐까 생각한다. 마치 인생의 미리 보
기 같다고나 할까?

아드리앙의 성장기가 내게는 나로 성장할 수 있다는
가르침, 또 다른 성장의 자극이었다.

아드리앙과 블랙캣은 변신 전후의 캐릭터지만 결국
은 하나의 존재다. 소극적인 모습도 자신감 넘치는 쾌활
한 모습도 모두 아드리앙이자 블랙캣이다. 나 역시 성우
남도형, 유튜버 남도형, 쇼 호스트 남도형, MC 남도형
등 다양한 이름으로 불리며 역할을 수행하지만 모두 '남
도형'이다.

우리 안에는 다양한 페르소나가 있다. 소극적이든 적극적이든, 섬세하든 거침없든, 강하든 약하든 결국 그 모두가 '나'다.

3장

나의 세계를
확장하다

성우,
38만 유튜버가 되다

〈링 피트 어드벤처〉로
유튜브에
데뷔하다!

2019년까지만 해도 유튜브에 큰 관심이 없었다. 유명 유튜버 이름만 들어봤을 정도였다. 그러던 어느 날 녹음을 마치고 차로 이동하던 중에 지인의 연락을 받았다. 유명 스트리머 서새봄 님이 개인 방송에서 나를 언급했다는 것이다. 확인해보니 내가 운동 코치 '링' 목소리를 녹음한 〈링 피트 어드벤처〉를 하는 영상이었다. 새봄 님은 괴로워하며 운동을 하고 있었고 내 목소리는 "하나 더!"를 외치고 있었다.

운명처럼 유튜브 세계에 발을 딛다

〈링 피트 어드벤처〉가 아니었다면 나는 유튜버가 되지 않았을 것이다. 그만큼 나에게는 소중하고 한편으로는 운명처럼 느껴지는 게임이다. 당시 게임 녹음 당일 대표님이 급히 나를 찾으셨다.

"도형아, 지금 올 수 있냐? 급히 녹음해야 할 프로젝트가 생겼어!"

"지금 애니메이션 녹음 중인데 어쩌죠?"

"기다릴게. 오늘까지 꼭 녹음해야 할 분량이 있어. 네가 와야 해."

사연은 이랬다. 초기에는 링 캐릭터가 '운동 코치이자 강인한 헬스 트레이너 느낌'일 거라 생각했다. 그런데 알고 보니 밝고 경쾌한 음색으로 상대방을 약 올리기도 하는 유쾌한 캐릭터였던 것이다. 그리고 대표님이 그 순간 떠올린 성우가 바로 나였다. 나는 애니메이션 녹음을 마치고 부리나케 녹음실에 가서 바로 녹음을 했다. 그날 녹음은 바로 통과된 오디션이나 다름없었다. 〈링 피트 어드벤처〉는 그렇게 운명처럼 내게 찾아왔다.

이 게임이 출시되었을 때는 팬데믹이 한창인 시기라 피트니스 센터에 가지 못하는 사람들의 관심이 뜨거웠다. 많은 유튜버와 연예인이 스쿼트, 복근 운동 등 고강도 운동을 체험하는 콘텐츠가 유행처럼 번졌다.

그 영상들을 보니 대사가 끊임없이 이어져 내가 진행자 역할을 하고 있다는 느낌을 받았다. 순간 이런 생각이 번뜩 떠올랐다.

'뭐지? 영상에 내 목소리가 이렇게 많이 나오는데… 내가 직접 영상을 찍어보면 어떨까?'

그렇게 해서 자연스럽게 유튜브 콘텐츠 제작에 관심을 갖게 되었다. 그 무렵 나는 강남 쪽에 오피스텔을 사무실처럼 쓰면서 스케줄을 소화하고 있었는데, 그 공간에서는 가끔 친구들과 모여 놀기도 했다.

"형, 내가 유튜브 콘텐츠를 만들어볼까 하는데…."

"뭐? 네가? 하긴 성우로서 너만의 콘텐츠를 만들 수도 있겠네. 일단 재미 삼아 시도해봐."

KBS미디어의 엔지니어로 같이 작품 더빙을 했던 이

준희 감독님에게 영상 편집 도움을 받았다. 그리고 게임 회사에 다니던 친구 오상욱에게는 제작 장비에 관한 도움을 받는 등 다양한 스태프 덕에 부족하지만 유튜브를 할 수 있는 환경이 마련되었다.

안녕하세요! 남도형의 블루클럽입니다

나의 첫 공식 영상은 〈링 피트 성우 누구인지 궁금했죠?〉다. 새파란 커튼, 텐트를 배경으로 어색한 표정과 몸짓으로 구독자에게 첫 인사를 하는 그 영상은 지금 보면 민망하기 그지없다.

내가 〈링 피트 어드벤처〉 게임을 직접 해보는 것이었는데, 내 음성을 들으며 게임을 하는 게 처음이라 어색했지만 색다른 경험이었다. 링 목소리를 따라 하기도 하고 스쿼트를 하면서 괴로워하며(?) 촬영한 3분 남짓의 영상은 공개 후 10만 뷰가 넘는 조회 수를 기록했다. 팬분들도 '남도형을 성대모사하는 남도형', '남도형에게 고통받는 남도형'이라며 즐거워해주었다.

그 영상은 순식간에 각종 커뮤니티 사이트에 '본인 등판'이라는 제목으로 공개되면서 엄청나게 회자되었다. 그뿐 아니다. 〈링 피트 어드벤처〉 커뮤니티에 메인 영상으로 올라간 덕분에 단 하루 만에 구독자가 1만 5,000명에 육박했다.

얼떨결에 개설한 유튜브가 단시간에 구독자 1만 명을 돌파하다니… 믿기지 않았다. 이준희 감독님과 상욱이 모두 그저 얼떨떨해했다. 각자 본업이 있으니 한 번만 도와주기로 하고 시작한 일인데 반응이 이렇게 좋을 줄은 상상하지 못했다. 그래서 이왕 이렇게 된 거 조금만 더 해보자는 데 의견이 모아졌다.

제작 장비 중 내 것은 하나도 없었다. 감독님과 상욱이가 소유한 것과 회사에서 빌려 온 것이 전부였다. 그리고 영상 편집은 감독님이 대가 없이 해줬다. 그렇게 〈링 피트 어드벤처〉 영상을 두세 개 정도 올렸을 뿐인데, 그 뒤로도 조회 수가 10만 회에서 20만 회까지 나오면서 구독자가 3만~4만 명에 도달했다. 그 숫자가 어떤 의미인지

3분 남짓의 영상은 공개 후
10만 뷰가 넘는 조회 수를 기록했다.
내가 하는 말과 행위가
사람들을 응집시켰다는 생각이 들자
말로 설명할 수 없는 짜릿한 전율이 일었다.

조금씩 체감하게 되자 본격적으로 유튜브를 해야겠다는 생각이 들었다. 내가 하는 말과 행위가 사람들을 응집시켰다는 생각이 들자 말로 설명할 수 없는 짜릿한 전율이 일었다.

유튜브 활동은 단순히 재미로 시작한 일이었다. 구체적인 목표나 준비 없이 지인들의 도움을 받으며, 그들과 함께 새로운 일을 하는 것 자체가 그저 행복했다. 유튜브 콘텐츠로 수익을 올리겠다는 목적보다는 나를 비롯해 같이하는 사람들이 성취감을 느낄 수 있다면 그보다 더 큰 기쁨은 없을 거라며 큰 기대 없이 시작한 '남도형의 블루 클럽'은 순식간에 구독자가 늘어나고 본격적인 궤도에 올랐다.

낮에는 성우,
밤에는
유튜버

유튜브를 시작하고 맨 처음 세운 목표는 수익 창출을 위한 기본 조건을 달성하는 것이었다. 돈이 목적이라기보다 동료들에게 조금이나마 금전적인 보상과 동기부여를 해주고 싶다는 생각이 컸다. 그저 잘해보자며 즐겁게 시작한 일로 수익을 내고 그 성과를 나눌 수 있다면 얼마나 행복하고 신기할까.

우선 '4,000시간 방송'이라는 목표를 달성하는 것이 급선무였다. 우리는 짬이 날 때마다 모여서 어설프게나마 아이디어 회의를 하고 동영상을 제작해 차곡차곡 쌓아나갔다. 그리고 결국 4,000시간을 달성한 그날, 구글에서 광고 중개 서비스인 '애드센스'가 날아왔다. 드디어 수익을 창출할 수 있게 된다.

'남도형의 블루클럽' 1기 해단식, 그리고 새로운 시작

첫 수익금은 몇십만 원이었다. 하지만 몇백, 아니 몇천만 원을 받은 듯한 기분이었다. 마치 실버 버튼이 도착한 것처럼 기뻐하면서 단체 회식도 했다.

"우리가 유튜브로 돈을 다 벌어보네요."

"도형아, 우리는 목표를 달성한 거야!"

"그동안 다들 고생 많았다. 애초에 우리가 목표한 일을 이루었으니 이제는 각자의 터전으로 돌아가자."

'남도형의 블루클럽' 1기는 그렇게 해단식을 마쳤다.

마침 나는 그즈음 NHN엔터테인먼트의 판타지 게임

인 〈애프터 라이프〉 '루이' 역에 캐스팅되었다. 그러면서 〈링 피트 어드벤처〉가 아닌 다른 콘텐츠를 유튜브에서 다뤄보면 어떨까 하는 생각을 했다.

'남도형의 블루클럽' 2기의 시작이었다. 이 작품을 계기로 혼자 본격적으로 나설 결심을 하게 되었다. 그전까지는 지인들의 도움을 받아 간신히 끌고 갔다면 이제는 체계를 갖춰 제대로 해보자고 결심했다.

회식하고 남은 수익금에 내 돈을 투자해 카메라와 노트북을 사고 편집 비용까지 책정해서 정식으로 시작할 채비를 갖춰나갔다. 그러면서 처음으로 다룬 게임이 〈애프터 라이프〉였다. 〈링 피트 어드벤처〉 콘텐츠는 링 피트 유저들이 봤다면, 〈애프터 라이프〉는 게임 팬들을 '남도형의 블루클럽'의 구독자로 만드는 역할을 했다. 더불어 최초로 팬덤을 만들어준 콘텐츠였다. 그때 백승철, 박성태 등 동료 성우들과 같이 방송을 했는데 반응이 아주 좋았다. 어찌 보면 그때가 블루클럽의 시작점이라고도 할 수 있다.

유튜버가 된 후 10킬로그램이나 빠진 이유

〈애프터 라이프〉 관련 영상은 총 15회까지 올렸다. 하다 보니 성우로서 본업도 있고 초기에 도와준 멤버들이 주기적으로 도와줄 여건이 되지 않아 힘든 점이 많았다. 이렇게 해서는 지속적으로 해나갈 수 없을 듯해 홀로서기를 결심했는데 그날 이후 상상도 하지 못한 '고난의 행군'이 시작되었다.

이 시기에 내가 겪은 정신적·육체적 고통은 지금이야 '다이어트 효과'라고 말할 수 있지만, 당시에는 한번도 겪어보지 않은 고통이었다. 〈링 피트 어드벤처〉 작업을 할 때 내 몸무게는 73킬로그램이었는데 고난의 행군 후에는 62킬로그램이 되었다. 무려 11킬로그램이나 빠진 것이다.

그즈음 나의 일과는 정말 빽빽했다. 본업을 끝내고 스튜디오에 오면 잠시도 쉬지 않고 바로 콘텐츠 구상에 몰입했다. 이후 기획안을 정리하고 착장까지 맞추면 밤 12시쯤에나 카메라 앞에 설 수 있었다.

녹화는 새벽 2~3시까지 이어졌는데 문제는 녹화가 끝난 후에 벌어졌다. 한번은 열심히 촬영하고 난 후 영상을 확인해보니 음성 녹음이 안 된 것이 아닌가. 아무리 생각해봐도 내가 무슨 실수를 했는지 파악할 수 없었다. 영상은 제대로 나오는데 왜 소리가 안 나오는지 알 수 없으니 미칠 노릇이었다. 이런 식의 문제는 비일비재했다. 그때마다 발을 동동 구르고 머리를 쥐어뜯어가며 한없이 자책했다.

도저히 혼자서는 해결할 수 없다고 판단될 때는 용인에 있는 상욱이에게 전화를 했다. 너무나 고맙게도 상욱이는 그 새벽에 한 시간 가까이 되는 거리를 마다하지 않고 달려와 문제를 해결해주었다. 다시 집으로 갈 수 없는 시간이라서 오피스텔에서 쪽잠을 자고 다음 날 바로 출근하기도 했다.

또 한번은 촬영 중 갑자기 장비가 멈춰버린 적도 있었다. 새벽이라 상욱이와도 연락이 닿지 않았다. 남들 다자는 새벽에 혼자 헤어와 메이크업까지 하고 촬영하다가 이런 일을 겪으니 더없이 허탈했다. 멈춘 장비들을 멍

하니 처다보며 아무것도 해결할 수 없는 나 자신을 원망하다 지쳐 그대로 잠이 들곤 했다. 하지만 절대 포기하지 않았다. 새벽 5시쯤 상욱이가 전화를 받으면 그 시간에 이를 악물고 다시 촬영했다.

그렇게 한두 시간 쪽잠을 자고 나서도 아침이 되면 하루치 일정을 모두 마무리했다. 그러고는 지친 몸을 이끌고 다시 오피스텔에 와서는 똑같은 일과를 반복했다. 음성이 나오지 않고 장비가 멈추는 일 외에도 돌발적인 문제들은 끊이지 않았다. 게임 플레이 영상을 촬영하다가 갑자기 게임이 멈추는 경우도 있었는데 혼자 몇 시간이고 인터넷을 뒤져 해결하기도 했다. 그러다 보면 어느새 아침이 밝아왔다.

유튜브를 운영하려면 이런 문제를 혼자 해결해야 하는데, 매번 친구와 후배에게 도움을 청해야만 하는 현실이 너무 답답하고 속상했다. 이런 일상의 패턴이 3개월 이상 반복되자 몸과 마음 모두 너덜너덜해졌다. 단 한번도 쉽게 지나간 적이 없었다.

구독자 5만 명을 목전에 두고 매번 이런저런 문제가

반복적으로 일어났다. 한번은 빨리 올리고 싶은 콘텐츠가 있었다. 새벽 2시쯤에 녹음 스케줄과 회식까지 모두 마치고 들어와서 지친 몸을 이끌고 영상을 찍었다. 촬영을 마치고 홀가분한 마음으로 영상을 확인하려는 순간, 끔찍한 일을 마주했다. 녹화 버튼을 누르지 않고 촬영한 것이다.

이날은 화조차 나지 않았다. 나 자신이 너무나 한심해서 그저 꺼억꺼억 소리 내 울기만 했다. 그렇게 한동안 울다가 불현듯 정신을 차리고 일어났다. 스스로 느끼기에도 갑작스러웠다. 이상하게도 그날은 마음을 빨리 추스르고 재정비해 촬영에 돌입할 수 있었다. 작업을 마친 후 잠깐 눈을 붙이려고 누웠는데 '그래도 이젠 유튜브를 제대로 할 수 있겠다'는 확신이 들었다. 왠지 모르지만 그 확신은 점점 강해졌다.

구독자 2억 명
'미스터비스트'의
성우가 되다

내가 유튜브를 처음 시작할 때 전 세계에서 가장 유명한 유튜브 채널은 '미스터비스트'였다. 당시 구독자가 1억 2,000만 명이었는데 지금은 2억 4,800만 명(2024년 4월 기준)이다. 이처럼 세계적으로 유명한 '미스터비스트'의 한국어 서비스에서 나는 주인공 지미 역할을 맡았다.

대중은 배우뿐 아니라 성우도 실제 인물이 아닌 그들이 연기한 캐릭터로 기억하는 경우가 많다. 그런 의미에서 '미스터비스트'를 작업하게 된 것은 나에게는 또 다른 기회였다.

한국의 '미스터비스트'로 인지도 수직 상승

어린아이를 포함한 모든 연령대의 시청자가 유튜브를 보는 시대에 '미스터비스트'의 성우가 된 후 나의 인지도는 한 단계 수직 상승했다고 할 수 있다. 유튜브 콘텐츠의 경우 직접 음성을 선택하지 않는 이상 한국에서는 원어가 아닌 한국어로 서비스된다. 그러다 보니 아이들 대부분이 자연스럽게 내 목소리로 더빙한 버전을 듣는다. 덕분에 요즘에는 어딜 가나 "미스터비스트다! 미스터비스트 목소리 내주세요" 하는 요청을 받곤 한다.

이 작품은 성우로서 인지도를 높이는 데 크게 기여했을 뿐 아니라, '유튜버 남도형'을 확장시키는 데도 큰 도움을 주었다. '미스터비스트'는 유튜버 남도형에게 많은 영감을 준다. 이 작품을 더빙하면서 세계적인 영향력을 지닌 슈퍼 크리에이터의 콘텐츠 기획력과 구성력 등을 아주 가까이서 배울 수 있었기 때문이다. 최근에는 '남도형의 블루클럽'에서 '원 안에서 살아남기'처럼 '미스터비스트'에서 진행했던 서바이벌 콘텐츠를 블루클럽식으로 새롭게 선보이고 있다. 다행히 팬분들도 좋아해주셔서 즐겁게 작업하고 있다.

17일간 100편 녹음이라는 신기록

2022년 9월, 성우 인생에 이렇게 행복한 도전이 다시 있을까 싶을 정도로 놀라운 기록을 세웠다. '미스터비스트' 한국어판 더빙은 100편의 동영상을 17일 동안 마무리해야 하는 극한의 일정이었다. 무려 60시간이 걸린 대장정의 녹음 현장은 브이로그로 제작해 내 유튜브 채널에도 올렸다.

당시에 나는 강서구의 한 녹음실로 거의 매일 출근해서 작업했다. 오후에 녹음 일정을 잡을 수 없는 날에는 새벽 1시가 넘은 시각에 시작해 동틀 무렵에 마무리한 적도 많았다. 그야말로 새하얗게 불태운 시간들이었다. 하루에 평균 5편을 녹음했지만 추석 연휴 마지막 날에는 12편을 연달아 녹음했다. 녹음실 스태프들과 다른 배역을 맡은 성우들까지 모두 불철주야 녹음에 매달려야 했다.

1차 납품해야 할 작품의 녹음을 모두 마친 날, 그동안 내가 느껴온 한계는 진짜 한계점이 아니었다는 걸 깨달았다. 그 또한 마음만 먹으면 얼마든지 뛰어넘을 수 있는 한계치였던 것이다.

처음에는 이 작업이 '미스터비스트' 측에서 나에게 준 비밀 미션은 아닐까 생각할 정도였다. 하지만 17일 동안 이어진 녹음 여정을 모두 마친 후에는 누군가 정해준 목표가 아니라 내가 스스로 정한 미션을 달성했다는 생각에 더 큰 보람을 느꼈다. 당시 나는 약속한 납기일보다 일찍 녹음을 마무리했고, 일주일간 잠시 숨을 고른 후에는 바로 50편 추가 녹음에 들어갔다. 그 후로도 석 달 동안 200편의 녹음을 더 해냈다.

내게는 의미 있는 도전이었다. 또 다른 영광을 안겨

주었으니 말이다. 구글코리아의 유튜브 컬처&트렌드 팀은 '2023년 국내 최고 인기 크리에이터'로 '미스터비스트'를 선정하면서 구독자가 급증한 주요 원인으로 '다국어 오디오 트랙'을 활용한 점을 꼽았다. 한국어를 포함한 10여 개의 다양한 언어로 더빙해 영상을 업로드한 게 주효했는데, 감사하고도 가슴 벅찬 결과다.

누구나 그렇듯 내 인생에도 수많은 전환기가 있었다. 그중 지금까지 가장 큰 전환기는 단연 '미스터비스트'를 만난 것이다. 그런데 이 전환기가 행운처럼 불쑥 찾아온 건 결코 아니다. 이 역시 그동안 내가 쌓아온 시간의 힘에서 비롯된 것이라 생각한다.

나를 한국 성우로 캐스팅한 이들은 데뷔 때부터 나와 함께해온 사람들이었고, 한국어 서비스에 참여한 성우진들 대부분은 나와 오랫동안 함께 다양한 녹음을 해왔기에 그들과의 '케미'도 아주 좋았다. 오랜 세월 서로 쌓아온 신뢰가 없었다면 나에게 이런 운명과도 같은 기회가 찾아올 수 있었을까 싶다.

나의 세계관을 확장시킨 '미스터비스트'

'미스터비스트' 덕분에 요즘은 낯선 녹음실이나 광고 현장에서도 나를 알아봐주는 분들이 늘어났다. 특히 어린이 팬이 많아졌다. '미스터비스트'의 '지미' 하면 남도형을 떠올리는 것이다. 너무나 꿈만 같은 일이다. 남도형 자체로 대중에게 사랑받는 것도 감사하지만, 성우로서 대중이 특정 배우나 캐릭터를 두고 자연스럽게 '성우 남도형'을 떠올리는 것도 정말 큰 행복이다.

또 한 가지 잊지 못할 일이 있다. '미스터비스트' 측에서도 녹음실을 통해 내가 '미스터비스트' 채널을 한국에 알리는 데 큰 역할을 하고 있고 한국어 더빙이 아주 마음에 든다는 이야기를 전한 것이다. 성우에게 이보다 더 가슴 벅찬 피드백이 있을까.

'미스터비스트' 측에서 한국어 더빙을 요청하면서 원했던 것은 딱 한 가지뿐이었다.

'어떻게 연기하시든 좋습니다. 재미있고 즐겁게만 해주세요.'

나는 녹음을 하기 전에 매번 이 문장을 상기한다.

나에게는 한 가지 소망이 있다. 언제가 될지는 모르겠지만 꼭 한번 지미를 직접 만나보고 싶다. 미국에서든 한국에서든 지미를 만날 그날을 진심으로 꿈꾸고 있다.

조회 수
100만 돌파의
짜릿함

▶ 　　　　유튜브 세계는 나에게 신선한 자극이
었다. 무엇보다 우여곡절을 겪으며 직접 영상을 만들어
보니 유튜브 크리에이터의 길이 얼마나 힘든 여정인지
몸소 깨닫게 되었다. 그리고 자연스럽게 최선을 다하는
유튜버들을 존경하게 되었다. 고군분투하는 그들의 콘텐
츠를 보면서 많은 것을 배우고 다양한 영감을 얻을 수 있
었다. 나 역시 나만의 색깔이 담긴 콘텐츠를 만들기 위해
많은 노력을 기울였다. 그 과정에서 나도 인상 깊은 콘텐

츠를 쌓아나가기 시작했다.

팬들과 소통하는 콘텐츠가 답이었다

가장 첫 번째로 꼽을 만한 콘텐츠는 2020년 여민정 선배님과 함께 〈미라큘러스: 레이디버그와 블랙캣〉 오프닝 테마곡을 부른 영상이다. 원래 한국어 버전에는 성우들이 오프닝 테마곡을 부르지 않는데 커버 영상으로 나와 여민정 선배님과 오프닝곡을 불렀다.

그해 12월 크리스마스이브 날 밤 9시, 크리스마스 선물처럼 오프닝 영상을 올렸는데 반응이 대단했다. 공개하기 전부터 많은 팬이 자신의 SNS로 홍보해주는 등 사전에 홍보가 많이 되어 어느 정도는 기대했다. 하지만 순식간에 조회 수가 그렇게 오를 줄은 생각도 못했다.

〈미라큘러스: 레이디버그와 블랙캣〉은 나와 떼려야 뗄 수 없는 작품이었는데 유튜브 콘텐츠로 녹여내는 방법을 찾지 못해 고민하던 중이었다. 그러다 이 아이디어로 좋은 반응까지 얻자 내 유튜브 채널은 〈미라큘러스: 레이디버그와 블랙캣〉 팬들과 소통할 수 있는 새로운 창구 역할을 하게 되었다. 그뿐 아니었다. 이 영상으로 노래 섭외 콘텐츠가 들어오기 시작하는 등 정말 많은 일이 일어났다.

이후로 '보이는 더빙'을 통해 명장면을 시연하는 영상을 올리기도 했다. 그 역시 조회 수가 100만을 넘으면서 기대 이상의 성과를 거두었다. 내가 유튜버가 되기 전부터 나를 아끼던 팬들이 다 함께 공감할 수 있는 콘텐츠가 생기면서 자연스럽게 '남도형의 블루클럽'으로 유입된 게 아닐까 싶다.

최초의 100만 회 돌파 영상이 탄생하다

2019년 9월 첫 영상을 올릴 때만 해도 이렇게 빠른 기간 내에 많은 이들의 사랑을 받을 줄은 몰랐다. '유튜버'라는 새로운 부캐를 갖게 되었다는 것 자체만으로도 신

168

기한데, 매일 놀라운 경험을 하고 있으니 더없이 감사할 따름이다.

그중 잊지 못할 경험은 최초로 조회 수 100만을 돌파했을 때의 일이다. 2021년 2월 7일 올린 〈마들렌 성우가 마들렌맛 목소리로 하는 뽑기 방송〉이라는 영상이었다. 〈쿠키런: 킹덤〉 게임에서 마들렌맛 쿠키 역을 맡은 내가 게임을 플레이하며 랜덤 카드를 뽑는 콘텐츠였다. 얼굴도 나오지 않는데 단시간에 100만 회가 넘어섰다. 정말이지 꿈만 같은 일이었다.

그즈음 블루클럽 구독자는 8만 명을 향해 가고 있었다. 10만 명 돌파가 눈앞에 다가오자 실버 버튼을 받고 싶다는 열망이 커졌다. 그래서 어느 때보다 열심히 콘텐츠를 기획하고 만들었다. 팬분들이 흥미로워할 만한 신작 게임이나 내 출연작으로 꾸준히 영상을 찍었다. 그러던 중에 〈쿠키런: 킹덤〉을 다루게 된 것이다.

맨 처음 영상을 제작한 후 아마추어 동생에게 편집을 맡겼는데 음질이 좋지 않고 만족스럽지 않은 결과물이 나와 곧장 올릴 수 없었다. 우선 나 스스로도 만족할 수 없었다. 정말 잘 만들고 싶은 아이템이었기에 부득이 이준희 감독님에게 부탁해야만 했다.

"도형아, 내가 조금 만진다고 해서 완성도가 높아질 수 있는 상태가 아니야. 처음부터 다시 해야 해."

순간 망연자실했다. 하지만 이런 시행착오를 한두 번 겪은 것도 아니었고, 무엇보다 이 영상을 잘 만들어보고 싶다는 열망이 너무 강했기에 형에게 간곡히 부탁했다.

형의 조언이 맞았다. 그때 다시 작업하지 않았다면 이 정도의 좋은 결과를 만들지 못했을 것이다. 마지막 순간까지 완성도에 집착하고 치열하게 고민한 결과였을까. 우여곡절 끝에 업로드한 이 영상은 100만 조회 수 돌파라는 꿈에 그리던 결실로 이어졌다.

이 영상은 '남도형의 블루클럽' 100만 조회 영상의 이정표가 되어주었으며, 이 영상을 보기 위해 들어온 이들이 다른 영상까지 보면서 〈미라큘러스: 레이디버그와 블랙캣〉 브이로그 영상도 100만 조회를 돌파하는 등 효자 노릇을 톡톡히 했다. 구독자도 8만 명을 넘어 9만 명을 향해 갔다. 그때부터는 10만 명을 돌파해서 실버 버튼을 받을 수도 있겠다는 확신이 커졌다.

〈쿠킹런: 킹덤〉과 〈어몽어스〉 컬래버레이션

　'남도형의 블루클럽' 인기의 일등 공신 중 하나는 단연 〈쿠키런: 킹덤〉이다. 관련 영상 중 조회 수가 100만이 넘는 것이 여덟 개 정도 된다. 그리고 이때 유튜브에서 한창 인기를 끈 것이 온라인 마피아 게임 〈어몽어스〉였다. 새로운 유튜브 콘텐츠에 목말랐던 나에게 〈어몽어스〉가 눈에 들어왔다.

　'〈쿠키런: 킹덤〉 성우들이 다 같이 〈어몽어스〉를 하면 어떨까?'

　한동안 고심하다 불현듯 떠오른 아이템이었다. 그런데 큰 난제는 플레이하는 여덟 명이 모두 동시에 접속해야 한다는 점이었다. 〈어몽어스〉 게임을 잘 모르는 성우들에게 게임의 기본 원칙을 가르쳐주고, 원격으로 게임 세팅도 해줘야 했다.

이 문제로 고민하던 차에 이준희 감독님이 번뜩이는 아이디어를 내주었다. 〈어몽어스〉도 음성 통신이 있는데 이 음질이 인터넷 상태에 따라 균일하지 않거나 끊길 때도 있다. 그래서 안전하게 방송을 하려면 고생스럽더라도 성우들의 음성을 따로 녹음받아놓는 게 좋겠다는 것이다.

그래서 성우들이 각자 휴대폰 녹음기로 플레이할 때 녹음해주면 그 음원을 취합해서 트랙을 마무리하는 방식이었다. 게임에 접속한 후 전체 녹음은 하지만 각각 성우가 녹음한 파일을 모두 보내줬다. 녹음 파일 여덟 개를 모두 취합하느라 제작 기간이 애초에 계획한 것보다 3주 정도나 더 걸리는 등 감독님이 무척 고생했다.

동영상을 업로드한 후 한 시간이 지나자 조회 수는 1만 회 정도 나왔고, 네다섯 시간 만에 3만 회 정도 나왔다. 당시 〈쿠키런: 킹덤〉과 〈어몽어스〉의 인기가 고공 행진을 하던 때라 기대를 많이 했는데 초반 조회 수가 생각보다 지지부진했다. 기대가 컸던 탓에 실망도 컸다. 저녁 7시에 동영상을 올리고는 12시까지 조회 수를 지켜보다 그냥 잠들었다. 그러다 새벽 3시쯤 잠이 깨서 혹시나 하는 마음에 조회 수를 살펴봤다. 그런데 숫자가 좀 이상했다.

'60만? 이게 뭐지?'

처음에는 잘못 본 줄 알았다. 여러 번 새로 고침을 하고 눈을 비비며 다시 확인했다. 조회 수가 60만이 넘어 있었다. 믿기지 않았다. 분명 잠결에 잘못 본 걸 거라고 생각하고는 다시 잠들었다. 아침 7시, 눈을 뜨고 다시 조회 수를 확인해보았다. 이럴 수가. 무려 100만 회가 넘어 있었다. 두 눈으로 직접 보면서도 도저히 믿을 수 없었다. 동영상을 올린 지 12시간 만에 조회 수가 100만이 넘다니….

"형, 어제 올린 영상 조회 수가 100만이 넘었어요. 도대체 이게 무슨 일이래요?"

구독자도 무려 3만 명이나 늘어서 새로 고침할 때마다 실시간으로 1,000명씩 늘어갔다. 유튜브를 하면서 이런 기적 같은 일을 경험하리라고는 상상도 해본 적이 없었다.

나중에 알고 보니 해당 영상이 '인급동(인기 급상승 동영상)'에 오르면서 폭발적으로 조회 수가 늘어난 것이었다. 더 놀라운 사실은 몇 시간 후 영상을 분석한 다음 알 수 있었다. 기존 시청자층은 한국인이 80~90퍼센트였다면, 이 영상은 최초로 한국인이 50퍼센트가 조금 넘었고 나머지 30~40퍼센트는 미국을 비롯해 태국·대만·베트남 등의 외국인이 차지했다.

당연히 외국어 댓글이 줄줄이 달리는 놀라운 일이 벌어졌다. 이 영상으로 구독자가 빠르게 늘었다는 것도 의미 있지만 외국 구독자가 획기적으로 늘었다는 점은 대단한 고무적이고 이색적인 경험이었다. 이때부터 동영상에 영어 자막 서비스를 조금씩 하기 시작했다.

그야말로 꿈만 같은 일이었다. 각종 해외 커뮤니티에도 소개되어 유학 간 형이 그 영상을 봤다면서 연락을 해온 적도 있다. 또 놀랍게도 그 뒤 후기 영상의 조회 수도 대부분 100만 회 정도 나왔다. 성과가 좋았기에 즐기면서 작업한 콘텐츠였다.

실버 버튼, 보이는 가치와 보이지 않는 가치

▶ '남도형의 블루클럽' 구독자 수가 5만 명이 되었을 무렵 '나도 실버 버튼을 받는다면 얼마나 좋을까?' 하는 생각이 들었다. 당시 실버 버튼을 받은 성우 분이 하나둘 생겨나고 있었기에 더욱 간절했다. 무엇보다 본격적으로 유튜브를 운영해보니 1인 크리에이터가 방송으로 성공하기까지 얼마나 많은 열정과 전문성을 갖춰야 하는지 몸소 느꼈다. 특히 초반 3개월간 겪은 시행착오와 거기서 배우며 발전해나가는 과정은 그동안 성우

로 일하면서 느끼지 못한 종류의 고통과 희열을 선사해
주었다.

실버 버튼, 10만 명 구독자 달성의 의미

당시 유튜버로 맹활약하던 유준호를 알게 되었다. 그
때 준호 채널의 구독자는 80만 명이었고, 2024년 4월 기
준으로 111만 명을 넘어섰으니 나에게는 '넘사벽' 같은
존재였다.

내가 블루클럽을 꾸려가면서 5만 구독자를 달성해보
니 준호가 그동안 유튜브 콘텐츠를 위해 얼마나 진심으
로 노력하고 여러 과정을 거쳐 그 자리에 올랐는지 절감
하게 되었다. 이렇게 유튜브의 진정한 의미를 알게 되고
실버 버튼을 받는다는 것이 얼마나 어렵고 의미 있는 일
인지 알게 되자 구독자 10만 명을 달성하고 싶은 열망은
더욱 강해졌다. 그동안 흘린 눈물과 노력만으로는 부족
하다는 생각이 들었다.

그러다 구독자가 8만 명을 향해 갈 즈음에는 실버 버튼을 받기 위해 체계적인 방법을 찾아 나섰다. 유준호에게 노하우를 물어보고 본격적으로 유튜브 알고리즘을 공부하는 등 목표 달성을 위해 많은 노력을 기울였다.

그 무렵 때마침 〈SKY 캐슬〉, 〈더 글로리〉 성대모사로 유명한 '쓰복만' 성우 보민이의 실버 버튼 언박싱 영상을 보았다. 영상 초반만 해도 재미있게 진행하던 보민이가 실버 버튼을 마주하자 갑자기 울음을 터뜨렸다. 어느새 나는 보민이와 함께 울고 있었다.

그리고 드디어 2021년 2월 14일, '남도형의 블루클럽'은 구독자 수 10만 명을 달성했다. 나는 그날 구독자와 팬들의 축하 댓글과 응원을 읽으면서 한 시간 가까이 훌쩍이면서 라이브 방송을 진행했다.

열심히 하면 반드시 돌아온다는 믿음

"너에게 구독자 10만 명 달성의 의미는 뭐니?"

유튜브 세계에는 성우로서 느끼지 못한 종류의
고통과 희열이 있었다.
그리고 드디어 2021년 2월 14일,
구독자 수 10만 명을 달성했다.

누군가 나에게 이렇게 물었다.

이 질문은 성우로서 나의 업과 미래를 구체적으로 생각하게 했다. 성우로 작품 활동을 하면서 받을 수 있는 상은 정해져 있다. KBS의 경우에는 라디오 연기대상이 최고의 상이다. 너무나 감사하게도 2016년, 30대일 때 이 상을 받았다. 성우계에서는 굉장히 이른 나이에 수상한 것이다.

내가 참여한 작품이 대중의 사랑을 받으면 그 자체가 감사한 일이고 큰 보람이지만 유튜버로서 실버 버튼을 받는다는 것은 나의 노력이 가시적인 보상으로 피부에 와닿는 일이었다. 때로는 눈에 보이는 유형의 보상이 큰 의미로 다가온다. 보이는 것이 다가 아니라고 말하지만 눈에 보이기에 소중함을 더욱 구체적으로 체감하게 되는 것도 분명 있다.

가령 온라인으로 오가는 숫자상의 돈이 아니라 현금으로 내 손에 쥔 돈은 그 가치가 다르게 느껴지지 않을까? 나는 일을 하면서 처음으로 1,000만 원을 벌었을 때 전부 1만 원권으로 바꿔서 책상 앞에 놓아두었다. 실물로 돈을 만져보니 '내가 정말 이 돈을 벌었구나' 하는 성취감이 들었다. 그리고 무엇보다 생생한 동기부여가 되어주었다.

나에게 실버 버튼은 그런 의미였다. 이 악물고 열심히 하면 합당한 보상을 받을 수 있다는 단순한 사실이 내게 너무도 큰 위안이 되었기에 최선을 다했다. 잠자리에 누워서도 콘텐츠 생각만 했고, 아이디어가 떠오르면 바로 이불을 걷어차고 앉아서 메모했다.

실버 버튼을 받는다고 해서 일확천금을 얻을 수 있는 것도 아니고, 세상 사람 모두가 나를 알아봐주는 것도 아니다. 하지만 적어도 나에게는 완전히 새로운 세계가 열리는 어마어마한 일임에 분명했다. 스스로 세운 목표를 달성해냈다는 뿌듯함과 그로 인한 행복함은 생각만 해도 짜릿했다.

더 이상
나 혼자만의
채널이 아니다

▶ 　　　　　그토록 꿈꿔온 실버 버튼을 받았다는 기쁨도 잠시, 유튜버로서 나의 진짜 도전은 지금부터가 시작이라는 생각이 들었다. 그리고 실제로도 10만 명을 달성한 후에는 또 다른 도전이 기다리고 있었다.

　그때 주력 콘텐츠는 게임과 일상 브이로그였고, 타 채널에서 출연 섭외가 많이 들어오면서 구독자 수가 눈에 띄게 늘어났다. 그 무렵부터 나를 알아보는 분들이 많아졌다는 걸 체감할 수 있었다. 그렇게 구독자 20만 명을 향해 가고 있었다.

어둡고 기나긴 터널을 뚜벅뚜벅 걸어 나올 때

유튜버라면 누구나 구독자가 급상승하는 기간에는 힘든 줄 모를 것이다. 자고 일어나면 구독자와 영상의 조회수가 눈에 띄게 늘어나 있으니 신바람이 나서 하루 종일 콘텐츠 기획과 제작에 매달려도 피곤하지 않다.

그런데 구독자 수보다 더 강력한 동기부여가 되는 건 응원 댓글이다. '신나고 재밌는 영상 너무너무 감사해요!', '우리 성우님 대박 나세요~', '남도형 님 보고 성우의 꿈을 갖게 되었어요. 감사합니다!' 같은 댓글을 보면 영상 제작하느라 두 시간밖에 못 자고 일어난 아침에도 머리가 맑아지고 힘이 불끈 솟는다. 유튜버로서 내 영상을 기다려주고, 나 때문에 꿈이 생겼다는 댓글만큼 힘이 되는 응원은 없다. 응원의 댓글은 팬들이 바로 옆에서 응원해주는 것 같은 효과가 있었다.

초창기 유튜브를 빌드업 해나갈 때 자책하며 괴로워 했던 그 시간으로 다시는 돌아가고 싶지 않지만, 만약 다시 돌아간다 해도 나는 똑같이 할 것 같다. 바보 같은 실수를 하고 밤새 머리를 쥐어뜯더라도 포기하지 않고 다시 하고, 어린아이가 숫자를 익히듯 하나하나 배우며 스스로 깨치려 노력할 것이다. 유튜버가 된 후 나는 이렇게 더 단단해졌고, 깨지고 넘어져도 다시 일어날 용기를 얻게 되었다.

무엇보다 10만 구독자를 달성한 후 크게 깨달은 바가 있다. '남도형의 블루클럽'은 결코 혼자만의 재능과 노력으로 이룬 게 아니라는 점이다. 무엇이든 온몸으로 겪어봐야 제대로 체감할 수 있고, 그것이 밑거름이 되어 의미 있는 성장을 할 수 있다. 아무도 없는 어두운 터널을 뚜벅뚜벅 걸어서 나오는 사람의 일이란 그렇다.

그때 나를 제일 힘들게 한 건 외로움이었다. 혼자라는 생각이 깊어질 때는 무섭기도 했다. 하지만 그때마다 내 손을 잡아주고 힘이 되어준 이들이 있었다. 그 과정에서 무슨 일이든 혼자서는 이루어낼 수 없다는 걸 또 한번 깨달았다.

성우 일도 수많은 성우 중 나에게 기회를 주고 최고의 연출을 해준 피디님과 훌륭한 대본을 써주고 각종 장비를 세팅해주는 스태프 및 엔지니어가 없다면 결코 성과를 낼 수 없다.

또 한 가지 깨달은 바는 유튜버 남도형이 세상에 미치는 영향이 생각한 것보다 훨씬 더 크다는 점이다. 내가 선한 영향력을 미칠 수 있다는 사실은 내 일상과 삶을 되돌아보는 감사한 계기가 되었다.

유튜브 세상에서 내가 꿈꾸는 것들

어느 날 난치병 어린이들의 소원을 들어주는 기관인 메이크어위시재단Make-A-Wish Foundation의 연락을 받았다.

"초등학생 주안이는 지금 백혈병 투병 중입니다. 그런데 그 친구 꿈이 성우래요. 남도형 성우님 채널의 영상을 보면서 성우의 꿈을 키우고 힘도 얻고 있다고 합니다. 주안이의 소원이 남도형 성우님을 만나는 거라는데, 한번 만나주실 수 있을까요?"

너무나 힘겨운 상황 속에서도 꿈을 잃지 않고 있는 주안이의 사연을 듣자마자 눈물이 왈칵 쏟아졌다. 열 일 제치고 만나야겠다고 생각했다. 이후 주안이와 만난 이야기는 브이로그로도 찍었다. 힘들 때마다 그 영상을 보면서 기운 내고 희망을 잃지 않고 치료받길 바라는 마음에서였다.

이날 이후 '남도형의 블루클럽'이 아이들에게 꿈과 희망을 주는 채널이 될 수 있겠다는 자긍심과 사명감을 갖게 되었다. 아이들이 고사리손으로 연필을 잡고 꾹꾹 눌러 쓴 팬레터를 읽거나, 내게 다가와서 함께 사진을 찍고는 너무 좋다며 눈물을 보이는 모습을 보면 그런 생각이 더욱 강해진다.

티 없이 맑은 어린아이들이 좋아하는 어른으로서 나는 어떤 사람이어야 하나 늘 고민한다. 또 아이들 관점에서 볼 때 조금이라도 더 친근감 있는 존재가 되기 위해 애쓴다. 그렇게 선한 영향력을 발휘하는 쪽으로 채널 방향성을 잡았다. 콘텐츠를 기획하고 제작할 때도 이런 책임감과 의무감을 갖고 임하고 있다.

내가 강수진 선배님을 보면서 성우의 꿈을 향해 나아간 것처럼, 이제는 나를 멘토로 삼고 꿈을 키우는 친구들을 위해 '남도형의 블루클럽'을 소통 창구이자 꿈 제작소로 키우고 싶다. 그런 의미에서 이 채널은 더 이상 나만의 것이 아니다. 구독자들과 함께 만들어나갈 것이며, 조회 수를 넘어선 의미를 지닌 채널로 만들고 싶다.

그리고 블루클럽이 나아가야 할 또 한 가지 방향성이 있다. 바로 '후배 성우들이 출연해서 함께 즐길 수 있는 채널'로 만드는 것이다. 나의 채널에 나와서 행복한 시간을 보내면서 자신의 끼와 재능을 널리 알릴 수 있길 바라는 마음이 크다. 블루클럽이 외형적으로 성장하는 것도 중요하지만 이런 방향성 아래 확장하는 것 역시 중요하다고 생각한다. 블루클럽을 통해 섭외가 이루어지고, 홍보 덕에 행사에 도움이 되는 등 함께 시너지를 내서 더 신나고 좋은 일을 만들어나가는 채널로 진화하고 싶었는데, 조금씩 그렇게 되고 있는 것 같다.

앞으로 '남도형의 블루클럽'은 규모뿐 아니라 질적인 성장을 추구해나갈 것이다. 나의 발전을 기반으로 더 많은 이들이 오가면서 함께 성장하는 채널을 꿈꾸고 있다. 무엇보다 내가 만드는 콘텐츠가 사람들에게 행복을 전파해주길 바란다.

악플에
대처하는
자세

유튜브를 하고부터 감사하게도 많은 분들이 나를 알아봐주시기 시작했다. 나를 좋아해주시는 분도 많아졌지만 그만큼 나에 대해 부정적으로 바라보는 분도 생겨났다. 이는 악성 댓글로 이어지기도 했다. 모른 척 지나쳐도 좋을 텐데 나는 그런 글을 찾아보는 편이었다. 하나하나 보면서 상처받고 아파하면서 기억했다. 같은 지적을 받지 않으려고, 어떻게든 달라진 모습을 보여주려는 이유가 컸기 때문이다.

영상 댓글에는 '남도형 그만 좀 나와라! 보면 기분 나빠'부터 차마 입에 담지 못할 글도 있었다. 이런 악의적 댓글 하나하나가 모두 상처로 다가왔다. 관심이 늘어난 만큼 악성 댓글도 늘어났다. 나는 그것들을 모조리 읽으면서 혼자 끙끙 앓으며 상처에 상처를 더해갔다. 그 문제를 어떻게든 극복하고 싶었다. 누군가에게 조언을 구하고 싶었는데 우연한 기회에 '침착맨' 병건이의 도움을 받게 되었다.

침착맨은 나와 동갑내기 친구다. 개인 방송을 나보다 먼저 해온 선배 스트리머이니 이런 경우 극복하는 방법이 있는지 궁금해하던 참이었다. 때마침 그에게 전화가 와서 물어보았다.

"요즘 내가 악성 댓글 때문에 힘들어하고 있는데, 혹시 극복할 수 있는 방법이 있을까?"

나의 고민을 들은 침착맨이 질문을 던졌다.

"너한테 좋은 글을 써주는 곳은 없어?"

"…!"

"네게 좋은 글을 써주는 곳이 있다면 그 글을 봐. 좋은 글도 많은데 왜 나쁜 글만 봐?"

너무 쿨한 대답이 쨍하게 다가왔다. 내가 가는 길을 앞서 걸어간 사람, 무엇보다 진심을 나누는 친구가 해준 말이기에 가슴에 확 와닿았다. 동갑내기 친구이면서 경험이 훨씬 풍부한 크리에이터 선배이기도 한 침착맨의 말에 막혀 있던 숨통이 트이는 듯한 느낌이었다.

'그래, 그 말이 맞네. 왜 난 항상 나쁜 글만 찾아봤지? 좋은 글이 훨씬 더 많은데 말이야.'

그러고는 좋은 글을 찾아 읽었다. 나를 응원해주는 글, 애정이 가득 담긴 글, 미소가 절로 지어지는 따뜻한 글이 굉장히 많았다. 여태껏 다수가 써준 좋은 글은 외면하고, 소수가 쓴 나쁜 글만 찾아 읽으며 나 스스로를 고통스럽게 만든 것이다.

그러다 문득 이런 생각이 들었다. 이렇게 다른 사람들의 말 한마디, 글 한 줄에 일희일비하며 감정이 흔들리는 건 그만큼 내 중심이 약하다는 뜻 아닐까? 그날 이후로 댓글에 마음이 요동치는 일이 상당히 줄어들었다. 중요한 건 나 자신이라는 걸 깨달았기 때문이다. 누군가 나를 칭찬했다고 우쭐할 필요도 없고 나를 싫어한다고 속상해 할 필요도 없었다. 다른 사람들의 몇 마디 말에, 몇 줄의 글에 다른 사람이 될 수는 없다.

누가 뭐라고 하든 나는 나일 뿐이다.

세상을
보는 눈이
이렇게
달라질 줄이야

2019년 12월 크리스마스를 앞둔 날이었다. 〈애프터 라이프〉의 '준' 역을 맡은 성우 박성태 형, '에단' 역을 맡은 성우 백승철 형과 함께 합동 방송을 할 예정이었다. 그동안 혼자서도 어찌저찌 방송을 꾸려왔던지라 합방도 잘할 수 있을 거라는 자신이 있었다. 그런데 무슨 이유에서인지 방송이 제대로 진행되지 않았다. 카메라를 켜놓고 두 시간 동안 아무것도 하지 못했다. 그렇게 나 때문에 방송이 늦어지는데도 형들은 묵묵히 기다려주었다.

결국 또 상욱이에게 연락할 수밖에 없었다. 퇴근하고 부랴부랴 달려온 상욱이가 장비를 재정비해주고 나서야 진행할 수 있었다. 그때 다시 한번 느꼈다. 나 혼자서는 아무것도 할 수 없다는 걸 말이다. 문제가 있을 때마다 매번 나를 도와준 상욱이와 엔지니어분들, 그리고 동료 선후배들이 없었다면 블루클럽이 지금처럼 이어지지 못했을 것이다.

사소한 일상도 소재가 된다

유튜브를 시작한 후 내게는 아주 큰 변화가 있었다. 여러 번 언급했듯 주변 사람들의 도움에 크게 감사하게 된 것이다. 단순히 그들이 날 챙기고 도와줬기 때문에 감사하다는 의미가 아니다. 고군분투하며 힘겨운 시간을 보내면서 내가 얼마나 많은 이들의 도움을 받고 있었는지 몸과 마음으로 체감하게 되었다.

가끔 "도형이는 지인을 참 잘 챙긴다"는 이야기를 듣기도 하는데, 무언가를 바라고 하는 행동은 아니다. 내가 지금껏 받은 도움에 대한 보답에 가깝다.

이런 마음가짐 외에 유튜버로서 갖가지 시행착오를 거치며 두 가지 인사이트를 얻었다.

첫 번째로 장비와 시스템에 대한 이해의 폭이 넓어졌고 작업을 할 때 전체를 보는 눈이 생겼다. 예전에는 내가 아는 한 분야 혹은 내가 맡은 일에만 몰두했다. 그런데 지금은 내가 직접 유튜브를 운영하며 피디, 작가, 출연자 역할까지 모두 소화하다 보니 여러 분야가 어떻게 연결되는지 유기적 맥락을 고려하면서 전체 시스템을 보는 통찰력이 생긴 것이다.

이렇게 생긴 인사이트는 신기하게도 성우 일에 상당한 도움이 되었다. 작품을 함께하는 성우뿐 아니라 스태프와 이전보다 일에 대한 공감대가 훨씬 잘 형성되었다. 그동안 나무만 봤다면 이제는 숲을 보게 되었다고나 할까.

내가 맡은 분야만 알다가 전체를 운영하는 능력을 갖추니 연기력의 발전에도 큰 도움이 되었다. 전체를 조망하는 통찰력 덕분에 공감력이 늘어나고 이해의 폭이 넓어지면서 연기적으로 더욱 성숙해졌다.

두 번째 인사이트는 내 주변을 새로운 관점으로 보게 되었다는 점이다. 콘텐츠 기획의 관점에서 주변을 둘러보니 나에게는 익숙하고 당연한 일상이 다른 사람들에게는 신기하고 흥미로울 수 있다는 것을 알게 되었다.

유튜브에 올라간 브이로그 중 〈미라큘러스: 레이디버그와 블랙캣〉 시즌 종방연 회식 영상이 뜨거운 반응을 얻는 것을 보고 그 사실을 다시금 절감했다. 종방연에 참석한 분들의 동의를 구하고 회식 현장을 영상으로 찍어 올렸는데 조회 수가 무려 100만 회나 나온 것이다.

그 일을 계기로 나에겐 정말 소소한 일상의 모든 순간이 다른 이들에게는 신선하게 다가갈 수 있다는 것, 나의 모든 것이 콘텐츠가 되고 영상의 소재가 될 수 있다는 것을 깨달았다. 덕분에 평소 그냥 지나치던 사소한 것들을 다시 보게 되었다.

이런 관점에서 최근에 재미있는 작업을 하고 있다. 바로 주차 정산기 소리 녹음이다. 하루에도 몇 번씩 들어본 주차 정산기 안내 멘트에 성우 목소리가 들어간다는 사실을 최근에야 깨달은 것이다. 그래서 주차비를 정산할 때마다 소리를 녹음하고 있다. 나중에 이것도 콘텐츠로 만들어볼 생각이다.

주차 정산기뿐만이 아니다. 평소 그냥 지나친 곳곳에 다양한 성우의 목소리가 담겨 있다. 예를 들어 한번은 ARS로 적금 만기 연락이 왔다. 그런데 전화기 너머로 들리는 목소리가 내가 아끼는 후배 김연우 성우의 음성이 아닌가. 순간 '이거 너무 재밌네? 콘텐츠로 만들어야겠다' 생각을 했고 "연우야, 나야" 하면서 대화를 시도한 영상은 조회 수가 무려 140만이나 나왔다.

예전 같으면 ARS 전화에 관심을 기울이지 않았겠지만, 유튜브를 시작하고부터는 늘상 접해오던 소소한 것들에 관심을 기울이고 거기서 아이디어를 찾으려 노력한다. 관점 자체를 바꾸고 보니 세상에는 재미난 것이 무궁무진했다. 실제로 일상에서 발견해낸 사소한 소재에서 아이디어를 얻어 구체화한 영상 중에 좋은 반응을 얻는 경우가 많았다.

어떤 이들은 성우와 유튜버 활동을 동시에 하는 게 버겁지 않냐고 묻는다. 하지만 유튜버의 삶은 성우라는 업에 시너지를 주었다. 새로운 관점과 더 넓은 시각을 갖게 해주었고, 그러한 관점의 확장은 본업도 다른 자세로 임하게 해주었다.

유튜브는 개인적인 삶에도 긍정적인 영향을 미치고 있다. 가족에게 내 모습을 자주 보여줄 수 있기 때문이다. 한번은 어머니가 이렇게 말씀하셨다.

"너를 보고 싶을 때 볼 수 있으니까 얼마나 좋은지 모르겠다. 영상을 매일 보니까 널 매일 보는 것 같아."

유튜브를 하며 효도까지 할 수 있으니 이보다 더 좋을 수 있을까?

'남도형의 블루클럽'은 이제 내 것이 아니다

2019년 부산 지스타 게임 쇼 브이로그를 찍은 적이 있다. 휴대폰을 들고 행사장으로 들어가기 전에 이렇게 말했다.

"이제 지스타 행사장에 들어가서 과연 저를 몇 분이나 알아봐주실지 한번 확인해보겠습니다."

만약 세 분이 알아보신다면 목표 달성이라 생각하고 질문을 했다. 다행히 목표는 넘겼다. 세 분 이상 나를 알아봐주었기 때문이다.

5년이 지난 지금은 어떨까? 감사하게도 행사에 참여한 많은 분이 나를 알아봐주신다. 게임 쇼뿐 아니라 아이들이 참여하는 행사장에 가면 많은 초등학생들이 환호성을 지르며 달려와 사인 요청을 한다. 아들이라 해도 무색하지 않은 나이의 아이들이 나를 보고 "도형이 형", "도형 오빠"라고 부른다.

그 모습이 신기하고 사랑스러워 물었다.

"나를 어떻게 알아?"

그랬더니 "저 블루클럽 구독자예요"라고 답했다.

아이들에게 이런 이야기를 자주 듣는다. 그런 말을 들으면 나도 모르게 '내 채널 영상은 이 아이들이 봐도 괜찮은가?'라는 생각을 다시금 하게 된다. 그뿐 아니다. '내가 하는 말 한마디, 행동 하나가 이 아이들에게 영향을 미치겠구나' 하는 생각에 정신이 번쩍 든다.

아이들이 내 채널의 구독자라 뿌듯하기도 하지만 이제는 그보다 책임감이 앞선다. 그런 변화를 겪으면서 내 채널의 존재 의미를 명확히 알게 되었다. '남도형의 블루클럽'은 나를 알리는 공간인 동시에 나만의 채널이 아니다. 내 이름이 달렸다고 해서 내 것이 아니며, 내 마음대로 할 수 있는 나 혼자만의 공간도 아닌 것이다. '남도형의 블루클럽'은 이제 모두의 공간이 되었다.

최근에 이런 생각을 하고 나니 채널 운영에 대한 마음가짐과 진행 방식이 달라졌다. 자극적인 소재보다는 아이부터 어른까지 모두가 즐겁고 편안하게 볼 수 있는 유익한 방송을 하고 싶다. 그래서 '남도형의 블루클럽'이 아이들이 찾아와 즐거움을 얻는 공간, 일상의 고단함을 잠시 잊는 공간, 함께 모인 이들이 긍정의 시너지를 내는 공간이 되었으면 한다.

유튜버로서의
생애 첫
팬미팅

▶ 　　　　　블루클럽의 구독자가 2,000명 남짓일 무렵 YTN에 녹음을 하러 간 적이 있다. 출입증을 받으려고 기다리는데 직원분이 내 주민증을 받자마자 "요즘 '블루클럽' 재미있게 보고 있습니다"라고 말했다.

　순간 날아갈 듯 기뻤다. 처음으로 나를 유튜버로 알아봐주신 분이라 아직도 기억하고 있다. 이렇게 한 명의 구독자를 만나 그토록 행복해하던 내가 수백 명의 팬 앞에서 단독 팬미팅을 하는 날이 오다니 믿기지가 않았다.

간절히 기다려온 팬분들과의 만남

2023년 기억에 남는 일 중 하나는 '남도형의 블루클럽' 구독자 30만 돌파 기념으로 진행한 팬미팅이다. 그동안 성우 남도형으로 팬미팅을 한 적은 있었지만 유튜버 남도형으로 팬들을 만난 적은 없었다. 그렇게 2023년 2월 유튜버로서 첫 번째 팬미팅을 진행했다. 공연장 곳곳에 붙어 있는 포스터를 보니 너무나 설레고 떨렸다. 무대에 서서 객석을 가득 메운 팬분들을 보니 감격 그 자체였다.

이 팬미팅은 하나부터 열까지 내가 기획하고 준비 과정을 일일이 체크했다. '남도형의 블루클럽'을 지금에 이르게 하는 데 일등 공신인 팬분들을 만나는 자리만큼은 모든 걸 손수 해보고 싶었다. 열악할지언정 업체에 맡기지 않고 스태프들과 함께 사이트 제작부터 행사 프로그램과 포스터까지 모두 직접 진행했다.

팬미팅 관련 영상도 만들었는데 그중 티케팅 오픈을 앞두고 내가 티케팅에 도전하는 영상을 숏츠로 만들어

업로드하기도 했다. 팬미팅 티켓은 단 1분 30초 만에 매진되었다. 그 순간은 기쁘고 신기한 게 아니라 그저 어안이 벙벙했다. 정말 꿈만 같았다.

깜깜한 무대에 파란색 조명이 들어오고 나를 소개하자 객석은 함성으로 가득 찼다. 노래를 부르며 등장하면서 관객분들과 눈을 마주칠 때 느낀 짜릿한 전율은 영원히 잊지 못할 것이다. 댓글로 항상 응원해주는 팬들을 현장에서 직접 만나보니 어마어마한 에너지가 느껴졌다.

인연의 소중함을 깨닫다

이날 행사는 고대하던 팬분들과의 만남이자 그동안 블루클럽의 든든한 지원군이 되어준 동료들을 소개하는 자리이기도 했다. 그들이 게스트와 MC로 나와서 노래를 부르고 토크하는 걸 보고 있자니 너무나 행복했다. 시간이 멈추었으면 좋겠다고 생각할 만큼 소중한 순간이었다.

특히 첫 번째 영상부터 제작에 참여해온 메인 편집자

그저 어안이 벙벙했다.
꿈만 같았다.
관객분들과 눈을 마주칠 때 느낀 짜릿한 전율은
영원히 잊지 못할 것이다.

인 이준희 감독님과 함께 무대에 선 순간은 비현실적으로 느껴질 만큼 가슴 뭉클했다. 항상 영상을 만들어 보내주는 형에 대한 고마움은 이루 말로 다 표현할 수 없다. 유튜브 구독자가 1,000명이 안 됐을 때부터 같이 했던 형이 무대 위로 올라와 팬들과 함께 소통하고 있다는 사실은 감동 그 자체였다.

'나에게도 이런 날이 찾아오다니!'

두 눈으로 보면서도 믿기지 않았다. 이 소중한 순간을 결코 잊지 말자고 다짐했다. 혹여 다시 어둡고 긴 터널 앞에 선다 해도 이날의 감동을 떠올리면 두렵지 않을 것 같다.

팬미팅은 유튜브를 통해 영상과 댓글로만 만나던 구독자분들과 내가 서로의 존재를 확인한 자리였다. 그날 나는 인연에 대해 많은 것을 느꼈다. 오랜 시간 서로를 응원하고 그리워하면서 조금씩 싹을 틔운 우리의 인연은 남다를 수밖에 없다. 앞으로도 외롭고 지칠 때면 그분들을 떠올릴 것이다.

'소중하지 않은 인연은 없다. 나와 함께하는 모든 이

들에게 최선을 다해 진심으로 대하자.'

몇백 명의 팬분들과 함께하는 내내 마음속으로 되새긴 말이다. 유튜버 남도형은 이렇게 또 한 뼘 성장했다.

4장

지금 내 인생은
파랑입니다

나를 움직이는
인생의 원동력

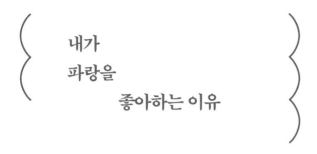

내가
파랑을
좋아하는 이유

"왜 파랑이 좋아?"

"왜 유튜브 이름이 블루클럽이야?"

내가 제일 많이 듣는 질문이다. 그럴 때면 어떻게 대답해야 할지 난감해지곤 한다. 사실 특별한 사연이나 명확한 이유가 있는 것은 아니기 때문이다. 그래서 "그냥 파랑이 좋아"라고 답한다. 내가 파란색을 열렬하게 좋아하는 모습을 보고 팬분들은 '미친 파랑'이라는 별명을 붙여주었다. 성우 활동 초반에 붙여준 것이니 10년이 훌쩍

넘은 별명인 셈이다. 나는 이 별명을 아주아주 좋아한다.

그냥 파랑이 좋았다

생각해보면 나는 처음부터 그냥, 이유 없이 파란색을 좋아했다. 어릴 때는 열심히 수영을 하러 다녔는데, 그 또한 파란 물색 때문이었다. 부모님 말씀에 따르면 내가 어릴 때부터 물을 좋아했다고 한다. 신생아 때도 물에만 들어가면 좋아하며 나오지 않았다고 하는데, 그래서인지 YMCA 아기 스포츠단 출신인 나는 수영을 꽤 잘한다.

바다도 무척 좋아하는데, 그 역시 파란 바다색 때문이다. 차도 20년 동안 파란색이었고, 집 안을 채운 물건 대부분이 파란색이다. 그냥 파랑이라는 이유만으로 산 제품도 있다. 얼마 전에는 새파랗다 못해 만지면 파란 물이 들 것 같은 휴지를 사놓고 뿌듯해하기도 했다.

그래서 의상이나 물건을 고를 때도 크게 시간을 들일 필요가 없다. 무조건 파랑으로 선택하면 되기 때문이다.

생각해보면 나는 처음부터
그냥, 이유 없이 파란색을 좋아했다.

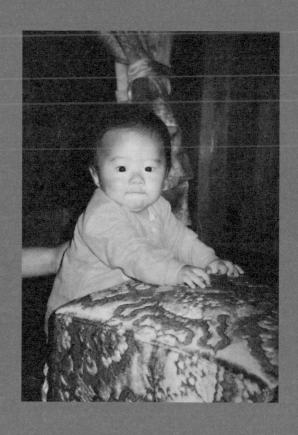

유튜브 채널 이름 '남도형의 블루클럽'도 파랑이 좋아서 붙인 이름이다. 파랑을 좋아하는 사람들의 모임!

나는 사람이든 사물이든 어떤 대상을 좋아할 때 그걸 좋아하는 이유가 필요치 않다고 생각한다. 아니, 오히려 특별한 이유가 없어야 한다고 생각한다. 만일 어떤 이유 때문에 누군가를 혹은 무언가를 좋아한다면 어떻게 될까? 그 이유가 사라지거나 바뀌는 순간 당연히 그 대상을 좋아하는 마음도 사라지거나 변할 것이다.

이유가 없어야 진짜 좋아하는 것이다

이유 없이 파랑을 좋아하며 깨달은 게 있다. 그 원리가 삶의 모든 영역에도 적용된다는 점이다. 어떤 일이나 사람을 대할 때 내가 파랑을 좋아하는 것 같은 태도로 다가간다면 어떨까? 진심으로 최선을 다할 수 있겠구나 싶었다. 그래서 가끔 지인이나 누군가가 진로에 대해 고민하며 나에게 조언을 구할 때 특정한 것에 꽂혀서 직업을 구하는 것을 경계하라고 말한다. 그 이유가 사라지면 그 일도 싫어질 수 있으니, 특별한 이유 없이도 끌리는 일을 선택하라고 말이다.

무엇보다 지금 이 순간 내가 어떤 걸 하고 있는지 살펴야 한다. 내가 좋아하는 일이라면 어떻게든 그와 연관된 행위를 하고 있을 테니 말이다. 의도하지 않아도 자꾸 하는 일, 자꾸만 하고 싶은 일. 그게 사실 자기가 가장 좋아하고 행복해하는 일이다. 마치 내가 파란색을 좋아하는 것처럼.

"그 사람, 어쩜 너한테 그렇게 잘해? 원래는 그런 성격이 아닌데…."

"어떻게 그렇게 친해진 거야?"

"어쩜 서로 그렇게 잘 챙겨줘?"

이런 말도 종종 듣는다. 나는 파랑을 좋아하지만 파랑에 뭔가를 바라지 않는다. 이 원리를 인간관계에도 똑같이 적용한다. 누군가를 좋아하면 그냥 좋은 거다. 거기엔 특별한 이유도 그 어떤 계산도 들어 있지 않다. 그냥 그 사람이니까 좋은 거고, 좋으면 다가가서 먼저 말을 걸고,

서로 이야기를 나누며 공감하고…. 그러다 보면 가까워진다. 이것이 내가 사람들과 만나는 방식이며, 좋아하는 이들과 더 가까워질 수 있는 원동력이다.

파랑을 좋아하는 마음은 내 인생의 지표 같기도 하다. 파랑을 좋아하는 마음, 그 마음을 투영해 세상을 보고 관계를 맺고 있으니 말이다. 게다가 썩 훌륭한 지표다.

좋아하는
마음은
힘이 세다

성우가 되어 작품을 맡자마자 제일 처음으로 한 일은 그 작품의 캐릭터 피규어와 만화 전집을 산 것이다.

대부분의 성우가 그럴 테지만 자신이 출연한 작품에 애착을 가지는 건 당연할 것이다. 그리고 무언가를 좋아하는 마음은 때로 그걸 바깥으로 드러내고 싶은 마음으로 이어진다.

좋아하는 마음을 확인하고 싶을 때

내 마음을 실체화하는 방법이 무엇일까 생각했다. 다들 그런 마음이 있지 않나. 좋아하는 마음 그대로도 좋지만 그걸 내 눈으로 확인하고 싶은 마음. 누군가를, 무언가를 좋아하는 내 마음을 증표로 남기고 싶은 마음 말이다.

내게는 그게 바로 피규어와 만화책 수집이었다. 좋아하는 마음을 실체가 있는 물건으로 확인하고, 그것을 통해 마음이 더 애틋해졌다고나 할까.

물론 애니메이션도 이미지라는 실체가 있긴 하지만 물성이 느껴진다거나 손으로 만질 수는 없다. 피상적으로 머무는 존재를, 손에 잡히지 않는 마음을 눈에 보이고 손에 만져지는 열매로 느끼고 싶었다. 캐릭터가 고스란히 구현된 피규어는 언제든 볼 수 있고 손으로 만질 수 있을 뿐 아니라 항상 내 공간에서 같이 숨 쉬고 있다. 만화책은 어떤가. 종이의 질감을 느끼며 한 장 한 장 넘기면 그림과 글자가 나를 반긴다. 그 모든 것을 공기로, 피부로 느낄 수 있다. 나의 수집 습관은 그렇게 시작되었던 것 같다.

어릴 때부터 만화책을 모은 건 아니었다. 당시에는 그냥 만화방에 가는 것이나 게임을 좋아했을 뿐이다. 그런데 애니메이션을 알게 되고 거기 빠져들면서 수집욕이 늘어나기 시작했다. 아마 중학생 무렵이었을 텐데, 〈슬램덩크〉가 그 시작점이었다. 만화책과 사진집부터 피규어까지 다양한 굿즈를 모았다. 희귀한 한정판은 더 욕심을 냈다.

성우가 되고 나서도 그 루틴이 자연스레 이어졌다. 작품에 참여하거나 유독 관심이 생기는 작품이 있으면 기본적으로 사는 세 가지가 있다. 피규어와 만화책을 모으고 해당 전시를 보러 가는 것. 이는 '이제 나는 이 작품에 더 진심이 될 것이다'라는 일종의 자기최면이기도 했다. 그리고 실제로도 그랬다. 처리해야 할 일이 아니라 내가 사랑하는 대상이니 그 일을 누구보다 진심으로 할 수밖에 없다.

좋아하는 마음 그대로도 좋지만,
그걸 내 눈으로 확인하고 싶은 마음.
내게는 그게 바로 피규어와
만화책 수집이었다.

내 인생이 집 안에 고스란히 들어 있다

지금까지 1만 권이 넘는 만화책을 모았고, 수집한 피규어도 가격으로 환산하자면 금액이 상당하다. 하지만 나는 거기 들인 노력과 시간이 아깝거나 헛되다고 생각하지 않는다. 그것들은 20여 년에 걸친 나의 시간이 모인 증표인 동시에 내가 얼마나 진심으로 내가 참여한 작품을 아꼈는지 보여주는 상징이기 때문이다.

성우로 일해오면서 힘든 순간도 있었지만, 이게 꿈인가 싶을 정도로 행복한 시간이 훨씬 더 많았다. 너무도 멋진 작품에 캐스팅되고, 우상 같은 선배님들과 함께 일하고, 시청자들에게 많은 사랑을 받고…. 거기서 느끼는 행복과 감사함이 현실감 없게 느껴질 때가 있다. 그럴 때마다 피규어와 만화책을 보면 막연함이 생생한 현실로 다가오고, 손에 만져지고 느껴진다. 내가 사랑하는 작품, 내가 사랑하는 캐릭터, 내 인생이 이 안에 고스란히 담겨 있구나 하는 마음과 함께!

수집품 두는 공간을 분리하지 않고 내가 머무는 일상

의 공간에 두는 것도 그런 이유에서다. 일상의 공간에 머물면서 같이 호흡하고 과거, 현재, 미래를 함께 살아가고 싶어서다. 마치 내가 내 인생 속에 들어와 있는 느낌이라고나 할까. 남도형이 살아온 삶이 집 안을 가득 채운 셈이다. 그래서 일을 마치고 녹초가 된 몸으로 돌아와도 집에 가득한 피규어와 만화책을 보면 다시 힘이 난다. 무언가를 열렬히 좋아하는 마음은 이렇게나 힘이 세다.

가끔씩 이렇게 말하는 지인들이 종종 있다.

"피규어 좀 그만 사. 지금도 이렇게 많은데 계속 사면 어디에 두려고 그래?"

그러면 나는 이렇게 답한다.

"피규어는 사서 두는 순간 거기에 쌓여 있는 게 아니야. 내가 구매하는 순간 내 마음에 쌓이는 거지. 내 마음의 진열장에 놓이는 거라고."

그래서 공간 같은 건 걱정할 필요가 없다.

내 마음의 진열장은 무한하니까.

바쁠수록
지금 이 순간에
집중하기

요즘 나는 하루 평균 대여섯 개의 스케줄을 소화하며 바쁘게 보내고 있다. 그래서인지 그 많은 일을 어떻게 다 해내느냐는 질문을 자주 받는다. 아주 여유롭고 편하게 소화해내고 있다면 거짓말이다. 일이 너무 많거나 스케줄이 꽉 차 있을 때는 어느 순간 힘겨울 때도 있기 때문이다. 그럴 때를 대비하기 위해 바쁜 나날을 잘 보내는 나만의 방법이 있다.

"지금 당면한 바로 이 순간에 집중하라."

나만의 시간 관리법

만일 한 달 동안 쉬는 날 하루 없이 일만 해야 한다고 해보자. '언제 쉬지?', '이걸 다 할 수 있을까?', '주말이 없네' 같은 걱정과 고민이 앞서면 벌써 일이 힘들어진다. 날마다 쏟아지는 스케줄에 '24시간이 모자라'를 외치며 바쁘다는 사실을 주입하는 순간 마음은 이미 시간에 쫓기게 된다.

이 많은 일을 하루에 처리해야 한다는 부담감과 앞 스케줄이 밀리면 다음 일도 차질이 생길 수 있다는 불안감에 심적으로 지치고 만다. 그래서 나는 멀리 내다보지 않고 미리 걱정하지 않는다. 지금 바로 이 순간, 내가 당면한 1초에 제대로 집중하고 즐기려 한다. 지금 이 순간에 집중하는 것, 제대로 집중하면서 일을 쪼개서 하는 것이 나의 방식이다.

스케줄을 점검하기 위해 월요일부터 일요일까지 전체 일정을 보고 나면 가끔 '내가 이걸 다 할 수 있나?' 하고 걱정이 될 때가 있다. 그러면 이내 걱정을 덜어내고 생각을 바꾼다. 그 결과 그 일들을 다 해내고 가끔은 여행도 할 수 있었다.

먼저 첫 번째 스케줄을 하러 가면 그 일만 신경 쓴다. 두 번째 스케줄을 하러 가서는 역시 거기에만 신경 쓴다. 지금 하고 있는 일, 더 쪼개서 바로 지금 이 순간에만 집중하는 게 핵심이다. 순간순간에 집중하면 그 일 전체에 집중하게 되고, 하루의 모든 일에 집중할 수 있다.

물론 처음부터 그랬던 것은 아니다. 나 역시 시행착오를 겪으며 여기까지 왔다. 예전에는 일에 대한 걱정과 두려움이 앞서 항상 시간에 쫓겼다. 마음이 허둥대니 실제로 일도 허둥댔다. 앞 스케줄이 늦어지면 다음 스케줄에 마찰이 생기고, 뒤의 일 때문에 앞 타임 일을 서둘러 마치면 또 마찰이 생기는 식이었다. A에 가서 B를 걱정하고 B에 가서 C를 걱정하고 C에 가서 D를 준비하느라 C를 온전히 못해내고. 그 어느 것에도 최선을 다하지 못한 채 시간에 쫓기는 이상한 현상을 한동안 겪어야 했다.

한번은 이런 일도 있었다. 시간이 빠듯한 걸 알면서도 욕심으로 일을 잡아두었는데, 앞 스케줄들이 뒤엉켜 꼬

여버린 것이다. 늦었다는 생각에 앞일을 제대로 마무리하지 못한 채 욕을 먹으며 부랴부랴 그 자리를 떴다. 그리고 다음 팀에서는 늦었다며 연신 재촉을 해댔다. 경험도 요령도, 일을 순리대로 풀어내는 지혜도 부족했던 나는 모든 일을 망쳐버렸다는 생각에 차에서 엉엉 울었다. 그날, 한 시간이나 늦게 도착한 현장에는 아무도 없었다. 나를 기다리다 가버린 것이다.

'아, 이건 정말 아니구나. 방법을 찾아야 해.'

계속 그런 식으로 일하다가는 모든 것을 망쳐버릴 수도 있었다. 어떻게든 해결책을 찾아야 했다. 그렇게 해서 찾아낸 나만의 방법이 바쁠수록 쪼개서 하는 것, 지금 이 순간에만 집중하는 것이다.

시간 관리가 아니라 사람 관리

그런데 이것만큼 중요한 것이 있다. 일보다 사람을 먼저 생각하는 것이다. 세상 모든 일이 사람과 사람이 만나

하는 것 아닌가. 일로만 접근하면 힘들고 피곤하게 느껴질 수 있는 상황도, 그 일을 함께 하는 사람을 중심으로 접근하면 관점이 완전히 달라진다.

이는 단순한 시간 관리법을 넘어 일을 대하는 나만의 태도라 할 수 있다. 일하다 보니 나에게는 하루 열 개의 스케줄 중 하나지만, 상대에게는 온전히 하루를 내주는 일일 수 있다는 것도 알게 되었다. 상대 입장과 상황을 마음으로 이해하게 된 것이다.

이렇게 역지사지의 계기를 마련해준 건 바로 유튜브다. 성우로 일할 때는 몰랐는데 유튜브를 하면서 내 콘텐츠를 위해 주도하는 입장이 되어보니, 콘텐츠 하나를 준비하기 위해 기획부터 섭외, 촬영, 편집까지 얼마나 많은 준비가 필요한지 그제야 체감한 것이다. 막연하게만 알던 일의 진행 프로세스가 구체적으로 와닿았고, 양쪽 입장을 모두 이해하게 되었다.

그러다 보니 나를 섭외해서 일을 성사시키려고 얼마나 많은 과정을 거쳤을지 눈에 보이기 시작했다. 진심으로 다가가 상대의 마음을 헤아려보려 하면 그 일에 들인 수고를 고스란히 느낄 수 있다. 그러고 나니 어느 것 하나 소중하지 않은 일이 없었다. 크고 작음과 경중을 따질 수 없고 모든 일 하나하나가 소중하고 위대하다는 것을 깨달았다.

그 후로는 항상 일보다 사람을 먼저 생각한다. 그리고 지금에만 집중하고 뒤를 생각하지 않는다. 그렇게 순간 순간에 집중해서 즐기다 보면 어느새 하루가 끝나 있고, 한 달이 지나 있고, 1년이 흘러가 있다. 이것이 나만의 시간 관리법이자 일을 대하는 태도다.

꾸준함은
나의
유일한 무기

어느새 40대에 접어들었다. 사실 한동안 40대라는 나이가 두렵게 느껴진 시절이 있었다. 혹독하고 열렬했던 20~30대를 거쳐 마흔에 접어들면서 삶이 안정적으로 정돈되기도 했지만, 한편으론 나의 사회적 역할이나 비중이 조금씩 줄어들면 어쩌지 하는 걱정 때문이었다.

그런데 그렇지 않았다. 오히려 내 생각과 반대로 그때부터 새로운 오르막길, 새로운 성장의 길로 들어섰다. 젊고 활발하게, 마냥 뜨겁게만 타오르던 시절에는 없었던 것이 생겼기 때문이다. 바로 경험과 연륜, 즉 시간이 만들어준 힘이다. 40년 가까운 삶의 시간을 거치며 쌓아온 나이가 주는 힘, 일에서 쌓은 연륜이 만들어내는 힘이 어느새 나의 또 다른 무기가 되어 있었다.

100명의 유튜버 앞에서 강연할 수 있었던 이유

넷마블과 유튜브가 함께한 크리에이티브 파트너십 프로그램에서 강연 요청이 왔다. 청강생은 크리에이터로 인원수는 100명 정도라 했다. 나보다 뛰어난 크리에이터나 어마어마한 유튜버분도 많은데 감사하게도 내게 강연 요청이 온 것이다.

유튜버 지망생을 위한 강연인가 싶어 "혹시 청강생이 유튜버를 꿈꾸는 분인가요?"라고 물었다. 그런데 아니라는 것이다. 청강생 리스트를 보고는 깜짝 놀랐다. 유튜버 지망생부터 현재 크리에이터로 활동하는 사람의 이름도 꽤 많이 보였기 때문이다. 심지어 100만~200만 구독자를 보유한 대형 유튜버도 리스트에 있는 게 아닌가.

"제가 그분들 앞에서 어떻게 유튜버라는 이름을 달고 강연을 할 수 있을까요? 청강생 리스트에 저보다 훨씬 대단한 유튜버도 많은데 말이에요."

그랬더니 의외의 대답이 돌아왔다. 참석하는 분들 대부분이 나를 알고 있다는 것이다. 내 유튜버 활동에서 인사이트를 얻은 분도 있고, 내가 강연자라서 일부러 신청한 분도 있다고 했다. 사연인즉슨 이랬다. 그들 중 내가 가장 연장자였다. 다시 말해 강연 신청을 한 사람들 중 상당수가 내가 참여한 작품을 보고 자라온 세대라는 뜻이다.

'어린 시절부터 내가 보던 작품에 나온 사람이 강연을 한다니….'

대부분 이런 두근대는 마음으로 신청을 했고, 모든 분이 환영하는 분위기였다고 한다.

그도 그럴 것이 내가 성우로 20년 가까이 일해왔으니 내가 참여한 작품을 보며 성장기를 보내고 성인이 된 분이 적지 않을 터였다. 강연하던 도중 청강생에게 "어떤 작품으로 저를 알게 됐어요? 그리고 좋아했던 작품이 뭔지 궁금하네요"라고 물으니 "〈페어리 테일〉이요", "〈쿠키런: 킹덤〉이요", "〈원피스〉요", "〈스파이더맨〉이요…" 등 여러 대답이 나왔다.

나를 알게 된 작품도, 좋아했던 작품도 각양각색이었다. 그분들은 자신이 좋아한 작품으로 나를 기억하고, 나는 그분들의 성장기에 추억으로 남아 있었다. 생의 어느 한 시절을 공유한 사이였던 셈이다. '아, 그 시간들이 여기에서도 이어지는구나. 내 청춘이 누군가의 인생에 이렇게 스며들어 있구나'라는 생각이 들어 괜스레 울컥했다.

지속 가능한 성장, 꾸준함이 답이다

나이는 숫자일 뿐이라는 말이 있지만 꼭 그렇지는 않다고 생각한다. 물론 개인차도 크고 나이가 절대적 기준이 될 수는 없을 터다. 하지만 인생이라는 시간을 통해 쌓여온 것은 그 나름의 의미가 있지 않겠는가. 청중 앞에서 강연을 하다 보니 커리어가 뛰어나고 유명하다고 하더라도 청중보다 연장자였을 때 그분들에게 오롯이 줄수 있는 신뢰감이 존재한다는 걸 알게 됐다.

감사하게도 아직은 동안 소리를 듣는 편이고, 연기했던 캐릭터의 이미지도 밝고 명랑 쾌활한 쪽이 많다 보니내 나이보다 어리게 보시는 분들이 있다. 그럼에도 만나는 분들이 40대의 남도형에게 상당한 신뢰를 보여주신다. 어리지 않은, 조금은 인생을 알게 된 남도형에게 말이다.

넷마블에서 진행한 강연을 통해 꾸준함의 의미를 다시금 마음에 새길 수 있었다. 청중은 지금의 남도형이 하는 이야기를 수긍해주시는 분위기였다. 단지 나이가 많아서가 아니라 꾸준함으로 그 시간들을 일구어왔음을 공감하기 때문이리라.

"꾸준함이 답이다."

나는 이 말을 참 좋아한다. 시간이 쌓여야만 얻을 수있는 게 있다는 메시지와 함께 나를 지탱해준 내 삶의 핵심 메시지다. 나는 유튜브를 시작하고 3년 반 동안 770여 개의 영상을 올렸다. 3~4일 간격으로 빼놓지 않고 꾸준히 영상을 올린 것이다. 나는 이날 강연장에서 섬네일 700여 개를 한 파일로 모아 영상으로 보여줬다.

그걸 보고 그 자리에 모인 100여 명의 크리에이터 모두가 감탄했다. 어쩌다 영상 한두 개가 운 좋게 주목받아서 성장한 게 아니라 꾸준함과 노력이 꽃피운 결실임을 알아주신 게 아닐까 싶다. 그리고 그런 꾸준함을 유지하는 게 어렵다는 걸 그분들 역시 잘 알고 있기 때문이다.

사실 3~4일 간격으로 3년 이상 꾸준히 영상을 올리는 건 결코 쉬운 일이 아니다. 아프거나, 바쁘거나, 예상하지 못한 개인 사정이 있을 수 있다. 하지만 나와 한 약속, 구독자와 한 약속을 지키기 위해 치열하게 노력했다. 꾸준함은 쟁쟁한 유튜버들 앞에서 평범한 내가 이야기할 수 있는 유일하고도 가장 강력한 무기였다.

내 자랑을 하려는 게 아니었다. 자극적인 콘텐츠를 만들어 당장 조회 수를 늘리는 것보다 훨씬 더 중요한 게 있음을 말하고 싶었다. 어쩌다 찾아오는 대박 같은 요행은 결코 지속 가능한 성장으로 이어지지 않는다는 걸 말하고 싶었다.

무슨 일이든 노력하고 다지고 견뎌내며 꾸준함을 유지하다 보면 그것이 힘으로 응집된다. 그리고 때가 오면 폭발적인 위력을 발휘한다. 작은 꽃봉오리가 따스한 햇살 아래 어느 순간 활짝 얼굴을 드러내듯이 말이다. 마치 내가 담당했던 〈쿠키런: 킹덤〉 마들렌맛 쿠키의 대사처럼!

"빛의 가호~!"

목소리는
내 삶의
애티튜드다

"성우님, 목소리가 좋아지려면 어떻게 해야 돼요?"

"남도형 성우님만의 목소리 관리 비법이 궁금합니다."

인터뷰나 강의를 할 때 가장 많이 받는 질문 중 하나다. 하지만 좋은 목소리를 만드는 정해진 법칙 같은 것은 없다. 사람들은 생활 습관, 체형, 발성기관, 발성법이 다르기 때문이다. 그렇지만 좋은 목소리를 만들기 위해 누구에게나 권할 수 있는 것이 있다. 바로 생활 습관이다.

좋은 목소리를 유지하기 위한 나만의 루틴

나는 아침에 일어나 물을 마시거나 양치를 하기 전에는 웬만하면 소리를 내지 않는다. 밤새 건조한 상태에 있던 성대를 바로 사용하는 것은 기름칠을 하지 않은 채 바퀴를 움직이는 것과 같기 때문이다. 녹슨 바퀴를 윤활유 없이 움직이면 삐걱거리고 균열이 생길 수밖에 없지 않은가. 사람의 목소리도 마찬가지다. 성대에 제일 중요한 윤활유인 수분이 공급되지 않은 상태에서 목소리를 과하게 내면 성대가 다칠 수밖에 없다.

일단 성대에 결절이 오면 음색이 달라지기도 한다. 무엇보다 주의해야 할 점은 성대는 회복이 굉장히 더디고 한번 상태가 나빠지면 원래대로 돌아가는 게 어렵다는 점이다. 그러므로 늘 조심해야 한다. 특별히 무언가를 하기보다 일상 속에서 좋은 습관을 실천하는 게 가장 중요한 것도 이 때문이다.

이외에 중요한 포인트는 '올바른 발성 유지하기'다. 어떻게 발성을 올바르게 유지할 수 있을까? 성우 지망생

분들에게 특히 강조하는 이야기인데 사실 자신이 매일 하고 있는 작은 습관이나 루틴이 가장 좋은 트레이닝일 수 있다. 잘못된 트레이닝을 해왔다면 소리를 제대로 내지 못했거나 이미 성대가 상했을 것이기 때문이다. 그러므로 아침에 눈떠서 평소와 같은 목소리를 낼 수 있다는 건 자신이 지금 하고 있는 방법이 최고의 방법임을 의미한다.

물론 더 훌륭한 발성법은 있다. 그것들을 하나하나 찾아서 공부하고 실천해보는 것도 좋다. 다만 각자에 맞는 걸 찾아야 한다. 지금 자신의 목소리와 발성 상태를 정확하게 파악하지 않은 채 무작정 전문가의 발성법을 따라하면 효과가 없을 수 있다.

어떤 분야든 최고 반열에 오른 사람들은 모두 자기만의 방법을 터득하고 있다. 무작정 남들이 좋다는 방법을 따라 하는 대신 자신의 장점과 단점을 잘 파악한 후 장점을 극대화하고 단점을 보완할 최고의 방법을 스스로 찾는다. 그렇게 터득한 자신만의 비기를 갖고 있어야 괄목할 만한 성과를 내고 유지할 수 있을 것이다.

또 한 가지 중요한 마인드는 엉뚱하게 들릴 수 있겠지만 어떤 경우에도 이성을 잃지 않는 것(?)이다. 우리는 슬플 때, 기쁠 때, 놀랄 때, 화날 때 이성을 잃고 평소와 다른 발성을 한다. 친구와 다툴 때 내가 욕설을 몇 번이나 했으며, 언쟁을 벌일 때 나의 말투는 어떤지 곰곰이 떠올려보자. 대뜸 소리부터 지르며 화를 낸다면 제대로 된 발성이 나올 리 없고 성대에도 무리가 갈 수밖에 없다.

이처럼 평소와는 다른 격한 감정 상태를 느낄 때는 그 감정에 휩싸여 소리를 지르거나 화를 내지 말아야 한다. 그 대신 자신의 감정을 조용히 파악하는 멈춤의 시간을 가져보자. 그러면 성대에 무리가 갈 일이 없고 갈등 상황에서도 차분하게 문제를 해결할 수 있어 일석이조다.

목소리가 애티튜드인 이유

성우 지망생 중 목소리를 바꾸고 싶어 하는 이들이 있는데, 그때마다 나는 이런 말을 해준다.

"그 목소리는 지금의 나를 만들어준 근간인데 그걸 왜 버리려고 해? 바꾸고 고치는 대신 새로운 걸 배워봐."

특정 발음이 잘 안 되거나 목소리 톤이 균일하지 않은 사람도 있다. 하지만 이 또한 연기를 하는 성우에게는 자산이라고 할 수 있다. 그런 목소리가 필요한 역을 맡으면 누구보다 그 역할을 잘할 수 있지 않을까? 그런 의미에서 내 목소리의 단점은 나만의 개성이 될 수도 있다. 그러니 무작정 고쳐야 한다는 생각은 버리자. 있는 그대로의 목소리를 인정하고 거기서 어떤 부분을 발전시켜야 할지 고민하는 것이 나에게 도움이 된다.

이는 비단 목소리에만 해당하는 이야기는 아니다. 지금 내가 조금 부족하더라도, 현재 갖추고 있는 역량이나 관계를 소중하게 여기는 태도는 삶에서 매우 중요하다. 자아도취에 빠지라는 의미가 아니다. 현재 나만이 갖고 있는 가치를 스스로 찾고 진심으로 느낄 때 비로소 거기서부터 새로운 발전이 시작될 수 있다는 의미다. 이런 태도를 갖는다면 어떤 상황에서도 나의 무기를 찾고 나만의 가치를 만들어낼 수 있지 않을까.

내 목소리의 단점은 나만의 개성이 될 수도 있다.
이는 비단 목소리에만 해당하는 이야기는 아니다.
지금은 내가 조금 부족하더라도,
현재 갖추고 있는 역량이나 관계를
소중하게 여기는 태도는
삶에서 매우 중요하다.

마지막으로 강조하고 싶은 마인드가 하나 있다. 어느 것 하나 빠짐없이 철저하게 숙지한 후 녹음에 들어가는 것이다. 나 역시 최대한 모든 걸 완벽하게 분석하고 계산한 뒤 정리된 상태에서 임하려고 노력한다.

목소리 관리법을 찾기 위해 노력하는 과정에서 나는 목소리가 삶의 애티튜드라는 점을 깨달았다. 좋은 목소리는 일상의 평안함에서 비롯된다. 늘 이성을 유지하면서 자신만의 루틴을 소중히 지켜나가는 사람만이 자신의 목소리를 가질 수 있다고 믿는다.

녹음실에 들어가기 전, 내가 꼭 하는 루틴이 있다. 일단 전신 스트레칭을 하고 얼굴 근육을 풀어주는 마사지를 한다. 그러고는 크고 깊게 심호흡을 다섯 번 하면서 마음을 가다듬은 후 녹음실 문을 연다.

녹음을 끝내고 나올 때도 지키는 루틴이 있다. 스태프들에게 고개 숙여 큰 목소리로 인사한 후 녹음실 문이나 벽에 뽀뽀(?)를 하고 나오는 것이다(물론 아무도 보지 않을 때 아주 재빠른 속도로 말이다).

오늘도 나의 목소리를 쓸 수 있게 해주신 것에 대한

감사함과 앞으로도 계속 대중과 만날 수 있는 기회가 이어지길 바라는 간절함의 표현이다.

긍정의
시너지를
내는 관계

'남도형의 블루클럽'이 많은 관심을 받으며 성장세에 가속이 붙을 무렵, 나는 두세 가지 게임을 다루면서 열심히 채널을 운영하고 있었다. 그래서 특별히 내 채널에 인플루언서분들을 섭외해야겠다는 생각은 하지 못했다. 그러다 우연한 기회에 인플루언서분을 게스트로 모실 기회가 생겼고 출연 확답도 받았다. 그런데 촬영 날짜에 임박해서 일방적으로 출연 취소 통보를 해왔다. '당분간 내적인 성장에 힘을 기울이기 위해 외부

노출은 자제한다'는 이유에서였다.

아쉽기는 했지만 어쩔 수 없었다. 그런데 며칠 후 그분이 다른 대형 채널에 등장하는 게 아닌가. 순간 뒤통수를 맞은 듯 얼얼했다. 너무 허탈했고 기운이 쭉 빠졌다. 하지만 그와 동시에 '내 채널이 더 영향력 있게 성장해야겠구나' 하는 생각이 들었다. 유튜버로서 가야 할 길이 멀었다는 현실을 제대로 인식할 수 있었다.

좌절하는 대신 허탈한 기분을 빨리 털어내고 좀 더 성장해서 지금보다 더 큰 영향력과 파급력을 갖추자는 쪽으로 마인드를 전환했다. 아마도 그 일이 내가 유튜브를 한 단계 더 키워야겠다는 의지를 다지는 계기가 되었던 듯싶다.

운명처럼 인연이 맺어진 동갑 친구

지금까지도 꾸준히 많은 사랑을 받고 있는 개그맨 김경욱, 그리고 그가 매니저를 맡고 있는 유튜버 다나카.

나 역시 줄곧 관심을 갖고 그들을 지켜보고 있었다. 그러던 중 김경욱과 내가 동갑내기임을 알게 되었다. 동년배라는 사실만으로도 왠지 모를 친근감이 들었다.

그리고 2022년 가을, 방송 섭외를 위해 다나카 측에 메일을 보냈다. 다음 날 한 통의 메일이 와 있었다.

'알고 보니 경욱 님이 남도형 성우님께 연락을 드리려고 했네요. 저희가 진행하는 프로젝트에 성우님 도움이 꼭 필요해서 섭외 요청을 드리고 싶습니다.'

단 하루 차이로 서로에게 연락을 취하려고 했다니 너무 신기했다. 보통 인연은 아니라는 생각이 들었다. 그쪽에서는 다나카가 '〈원피스〉 성우에게 〈원피스〉 주제가를 배워보는 시간'이라는 콘텐츠를 기획하고 있었다. 내가 〈원피스〉 찐 '덕후'이자 성우인 걸 알고 있던 다나카가 내게 도움을 청하려 했던 것이고 운명처럼 바로 전날, 내가 다나카의 매니저님에게 연락을 했던 것이었다.

그 후 우리는 여러 번 서로의 채널에 나가 합방을 했다. 내가 먼저 다나카 채널에 나갔고, 2023년 1월 말 다나카 역시 내 채널에 나와서 집들이 영상과 다양한 영상을 찍어줬다. 이 역시도 시간의 힘이 작용한 결과다. 내가 십수 년간 〈원피스〉를 사랑한 결과 사보 역을 맡게 되었고, 그 덕분에 다나카와 함께 방송까지 하는 인연으로 이어진 것이다.

나는 〈원피스〉 주제곡 〈We Are!〉를 부른 원작 가수 키타다니 히로시 씨를 예전부터 알고 있었다. 그 덕분에 다나카가 내 방송에 나왔을 때 너무 감사하게도 키타다니 씨와 영상통화를 연결해줄 수 있었고, 그 숏츠의 조회수가 300만 회 가까이 기록하는 기염을 토했다.

2023년 한 해 동안 우리 둘은 많은 방송을 함께 하면서 공통의 관심사를 나누고 이야기도 많이 했다. 함께 방송할 때는 언제나 즐거웠고, 사회에서 만난 사이 이상의 유대감과 친밀감이 느껴졌다. 그 만남은 새로운 인연으로도 이어졌다. 바로 침착맨과 궤도다.

진심을 다할 때만
일도 사람도 진심으로 다가온다

침착맨과의 인연은 샌드박스에서 나를 처음 담당한 매니저님이 이어준 셈이다. 그 매니저님이 침착맨 매니저로 자리를 옮겼는데, 내가 침착맨과 만나고 싶어 한다는 말을 침착맨에게 전해준 것이다. 침착맨 역시 반가움을 표하며 수락해주었다. 너무나 감사하고 기쁜 순간이었다!

나는 누군가가 필요하거나 도움 청할 일이 있을 때는 최대한 담백하고 솔직하게 이야기하는 편이다. 상대에게 내가 어떻게 보일까 생각하면서 꾸미거나 미리 걱정하지 않는다. '멋쩍고 부끄러운데 거절당하면 어떡하지?'라고 생각하는 순간 온전한 진심을 100퍼센트 그대로 전할 수 없다. 거절당했을 때 부끄러워질 자신의 모습을 걱정하지 말자.

그리고 진심을 다해 나의 마음을 있는 그대로 전한다. 상대를 간절하게 원한다면 그만큼의 간절함을 보여주는 게 너무나 당연하다고 생각한다.

상대에게 부담을 주거나 막무가내로 매달리라는 이야기가 아니다. '거절당해도 자존심 상하지 않을 선에서만 도움을 청해야지'라는 얄팍한 계산을 하지 말라는 뜻이다. 내가 진심과 최선을 다해서 마음을 보여줄 때 상대에게도 내 마음이 어느 정도 전달될 수 있다고 믿기 때문이다. 김경욱과 침착맨에게 방송을 제안할 때도 진심을 다해서 말했다.

'꼭 만나고 싶다'는 메시지는 문자보다 전화가, 전화보다 얼굴을 마주 보고 이야기하는 게 좋다. 상대의 눈을 바라보면서 온기를 담은 목소리로 전하는 것과 전화나 문자 메시지로 전하는 것에는 분명 차이가 있다. 부탁할 일이 있거나 상대에게 도움을 청할 일이 있다면 이 방법을 추천한다.

상대의 눈을 보고 진심을 다하되 미사여구는 빼라. "이러저러한 이유로 당신이 필요해"가 아니라 "진심으로 당신과 함께하고 싶습니다. 이유는 그거 하납니다"라며 온전한 진심을 보여주어라.

성인이 되어서 사회생활을 하다 보니 상대에게 내 진심을 온전히 보여준다는 게 굉장히 어려운 일임을 알게 되었다. 나를 온전히 보여줄 수 없게 만드는 포장이 겹겹이 쌓여 있는 데다, 복잡한 관계의 방정식이 작동하기 때문이다. 하지만 내가 지금까지 유튜브를 하면서 다양한 사람들을 만나고 좋은 관계를 이어나갈 수 있었던 이유는 그런 것들을 다 털어냈기 때문이다.

내가 진심을 다하니 나에게도 역시 진심을 보여주는 사람들과의 인연이 이어졌다. 그렇게 김경욱, 침착맨, 궤도처럼 소중한 인연이 생겨났다.

침착맨이 김경욱과 함께 내 방송에 출연했을 당시 팬분들이 1983년생 동갑내기인 우리에게 '힐링83'이라는 이름을 지어주었는데, 그 방송을 진행하던 무렵 궤도와도 인연이 닿았다. 내 채널에도 나오고 지스타 행사에서도 함께 즐거운 시간을 보냈다. 궤도 역시 나와 동갑이다. 그러다 보니 우리 넷은 만나면 10대 아이들처럼 편하게 대화하고 논다. 사회에서 이런 인연은 만나기 어렵다. 그런 의미에서 보자면 2023년 한 해는 고마운 동갑 친구를 많이 사귄 소중한 한 해였다.

단점이 아닌 장점을 먼저 본다

나는 사람을 만나 특별히 에너지를 얻거나, 사람 때문에 에너지를 빼앗기는 성향은 아니다. 다만 사람과의 관계를 이어나가는 데 있어 나만의 관점은 있다. 나는 어릴 때부터 누구를 만나든 희한하게도 상대의 장점을 먼저 보았다. 그리고 사회에 나와 다양한 인생 경험을 하면서 그러한 성향은 더 굳건해졌다.

그런 의미에서 보면 많은 사람을 만난다는 건 그만큼 많은 장점을 발견해 내 것으로 만드는 배움의 과정이기도 하다. "세 사람이 길을 가면 반드시 나의 스승이 있다"라는 말도 있지 않은가. 사실 그 말을 알기 전부터 나는 만나는 사람 모두를 스승이라고 여겼다.

상대의 장점이 먼저 보이면 인간관계를 맺을 때 좋은 점이 많다. 배울 점이 있으니 그 사람이 자꾸 만나고 싶어진다. 반면 단점이 먼저 보이면 그것이 상대에 대해 편견을 갖게 하고, 그것이 모든 것을 잠식해 좋은 점을 찾으려는 노력 자체를 가로막는다. 그래서 당연히 만나기가 꺼려진다. 그러니 애써 단점을 찾을 필요가 있을까?

김경욱, 침착맨, 궤도 같은 친구들을 만났을 때도 장점이 먼저 보였다. 김경욱은 매사에 성실하고 따뜻하며 침착맨은 진지하고 솔직하고 유쾌한 성격이고, 궤도는 이성적이면서 감성적인 면도 모두 겸비한 친구다. 성장 과정과 지금 하는 일은 서로 다르지만 그래서 만나면 더 즐겁기도 하다.

이 친구들과 한 가지 공통점이 있다. 유년 시절을 관통하는 공통의 관심사로 우리 모두 만화를 좋아했다는 점이다. 〈드래곤볼〉, 〈슬램덩크〉, 〈삼국지〉 얘기를 시작하면 수다가 끊이지 않는다. 김경욱, 침착맨, 궤도는 성인이 되어서도 얼마든지 좋은 친구를 만날 수 있다는 걸 알게 해준 고마운 인연이다. 나는 오늘도 그들에게서 좋은 점을 배우고, 그들을 통해 나를 돌아본다.

내가 만나는 모든 사람이 나를 투영하는 거울이자 나

의 스승이라는 생각을 한다. 그래서 사람을 만날 때면 늘 진솔한 태도로 대하려고 노력한다. 내게 찾아온 소중한 인연에 감사하면서.

2만 권의 책,
2만 번의
만남

나는 오디오북 녹음을 자주 한다. 19년 간 낭독한 오디오북을 계산해보니 무려 2만여 권에 달한다. 주제도, 문체도, 서술 방식도 제각각인 책을 남들보다 꽤 많이 접한 편이다. 말이 2만여 권이지 사실 평균 독서량에 비하면 어마어마하게 많은 책을 읽은 셈이다. 그래서일까? 이제는 책을 읽으며 저자의 음색, 생김새, 성격, 평소 습관까지 어느 정도 짐작이 되는 수준이다.

책을 읽으면 그 사람이 보인다

세상 사람이 제각각이듯 책도 참으로 제각각이다. 어떤 책은 한 문장이 기본 서너 줄 이상 된다. 그런 글을 쓰는 사람이라면 평소에 말이 빠른 사람일 가능성이 크다. 독자에게는 다소 길게 느껴질 수 있는 문장이지만, 자기 자신은 그 호흡을 감당하는 것이 쉽기에 긴 호흡의 글이 나오는 것일 터다.

어떤 저자는 주장을 먼저 하고 뒤이어 설명을 붙인다. 또 어떤 저자는 한참 설명한 뒤 마지막에서야 메시지를 전한다. 굉장히 단호하고 단정적인 어투를 쓰는 사람이 있는가 하면, 한없이 조심스럽고 부드러운 문체로 글을 쓰는 사람도 있다. '나는'이라는 일인칭 주어를 굉장히 강조하는 사람이 있는 반면 주어가 거의 등장하지 않는 경우도 있다.

그렇게 제각각 다른 색깔과 향기를 지닌 책을 읽으며 저자의 성향과 모습이 어느 순간 자연스레 그려지게 되었고, 이제는 꽤 재미있기까지 하다. 마치 그들을 만나는 듯한 느낌이 들기 때문이다.

깊이 대화하는 책이 될 수 있기를

오디오북을 낭독하며 반강제(?)로 많은 책을 읽은 게 생각지도 못한 도움이 되었다. 만일 내가 개인적으로 책을 읽었다면 분명 취향이 반영된 굉장히 편향된 독서를 했을 게 뻔하다. 그런데 오디오북은 내가 선택해서 읽는 책이 아니다 보니 내 취향이 아닌 분야, 나라면 읽지 않을 장르의 책이 즐비했다. 그래서 생각보다 많은 지식이 강제적으로 쌓였다. 다양한 저자의 취향과 성향, 지식과 경험을 습득하며 나만의 관점도 깊고 넓어졌다.

오디오북을 녹음할 때는 습관적으로 글자만 읽지 않는다. 그렇게 읽으면 재미가 없을뿐더러 맛이 살지 않기 때문이다. 그래서 어떤 책을 읽든 화자의 생각 깊숙이 들어가 감정이입을 한다. 문장의 배열과 단어 하나하나까지 맥락과 의미, 감정을 곱씹으며 읽는다. 그렇게 낭독하고 나면 그 저자와 꽤 깊은 대화를 나눈 듯한 느낌이 든다.

인생을 살면서 한 달에 100명의 사람을 만나 대화를 나누는 건 불가능한 일이다. 그런데 책으로는 얼마든지 가능하다. 한 달에 100명, 1년이면 1,200명이 넘는 사람과 만날 수 있다. 10년이면 무려 1만 명이 넘는다. 나는 19년간 오디오북을 낭독하면서 2만 명이 넘는 사람과 이야기를 나누고, 그들의 생각과 인생을 접해온 셈이다.

곰곰이 생각해보니 이런 경험은 정말 특별했다. 나는 책을 통해 다양한 이들의 생각, 지식, 마인드를 간접 체험했고 그것을 넘어 그들의 인생을 엿볼 수 있었다. 어떤 책은 그냥 스쳐 지나갔고, 어떤 책은 나와 너무 맞지 않았고, 또 어떤 책은 나를 건드렸다. 그중에는 내 안에 깊이 스며든 책도 있다.

그렇게 접한 여러 책 중에는 독자와 감정을 주고받으며 호흡하는 책, 마치 대화하는 듯한 느낌의 책이 있다. 내게는 그런 책이 유독 마음에 와닿았다. 그리고 내가 쓰는 이 책도 독자들에게 그런 책으로 다가갔으면 좋겠다. 남도형과 마주 앉아 도란도란 이야기를 나누며 호흡을 주고받을 수 있는 책 말이다.

'그런 일이 있었군. 실은 나도 비슷한 경험이 있어.'

'그래? 나는 좀 다르게 생각하는데…. 역시 사람은 생각도, 사는 법도 정말 제각각이군.'

'와, 이 문장 너무 좋아. 감동이다.'

'그런 식으로 해결할 수도 있구나. 한번도 생각해보지 못했는데 참 좋은 아이디어네.'

미처 표현하지 못했던 마음속 이야기를 들킨 듯 서로 공감하고, 풀리지 않았던 답답한 마음이 해소되고, 생각지 못했던 새로운 질문이 떠오르는 책. 그런 책이 된다면 더없이 좋을 것 같다. 그러니 이 책을 읽다가 무심히 눈을 감고 한번 음미해봤으면 좋겠다. 그래서 그렇게 나의 음성이 들리고, 독자 여러분들과 대화하는 시간이 이어지길 바란다.

{ 누군가의 삶에
내 청춘이
　　스며들어 있다는 것 }

어느 날 카이스트 신문 편집장에게서 강연 요청이 왔다. 그동안 나에게 들어오는 강연은 내가 연기한 캐릭터를 좋아하는 분들이나 그와 관련된 분야인 경우가 많았다. 그래서 카이스트에서 강연 요청이 들어온 것은 다소 의외였다.

나를 강연자로 선택한 이유가 궁금해서 물어보니 학생들이 본인이 공부하는 분야에만 집중하다 보니 색다른 분야를 접하면서 신선한 자극도 받고 시야도 넓히면 좋겠다는 취지에서 요청한 것이었다. 카이스트 학생들이 공부하는 분야와 사뭇 동떨어진 듯 보일 수 있지만 어떤 면에서는 분명 통하는 면이 많으리라는 거였다.

"우리의 지난 시간 속에 스며들어 있는 걸요"

강연의 취지는 좋은데 과연 학생들이 나를 알기나 할지, 궁금함 반 걱정 반이 섞인 마음으로 물었다.

"궁금한 게 있는데 카이스트 학생들이 저를 아나요?"

"저희는 성우님을 10대 초반부터 알고 있었습니다."

놀랍게도 강연을 신청한 카이스트 학생 대부분이 나를 안다는 것이다. 반복되는 이야기지만 이 역시 시간이 쌓여서 이루어진 결과다.

"저희 대부분 10대 초반부터 성우님 작품을 봤습니다. 공부하다 힘들면 잠시 쉬어 가기 위해 〈페어리 테일〉, 〈미라큘러스: 레이디버그와 블랙캣〉을 봤어요. 그 작품의 캐릭터를 연기한 성우님과 함께 자랐다고 해도 과언이 아니에요."

감격스럽고 기뻐서 다시 물었다.

"그럼 저를 보러 몇 명이나 올까요?"

"분명 엄청 많이 올 걸요!"

원래는 인원이 300명까지 찼는데 강연 일정이 금요일 저녁으로 바뀌면서 아쉽게도 인원수가 줄었다고 했다. 카이스트는 다양한 지역에서 온 학생이 많아서 금요일부터 토요일까지는 집에 가는 학생이 많았기 때문이다. 다행히 오프라인 강연에 참여하지 못한 학생들은 온라인으로 연결했고 현장 청중 150명에 온라인 참여 학생까지 200여 명의 학생이 강연을 들었다.

사실 처음에는 카이스트에서 강연을 해야 한다는 것 자체가 낯설기도 하고 다소 부담도 되었다. 그런데 막상 강연을 하기 위해 현장에 가서 보니 내가 놓쳤던 게 보였다. 그들은 카이스트 학생이기 전에 20대 초반의 젊은 친구들이었다. 그들 모두 내가 했던 작품을 보고 자란 세대였다.

강연을 들은 학생 중 기억에 남는 친구가 있다. 미국

에서 태어나 공부를 하다가 한국 카이스트에 입학한 여학생이었다. 어릴 때 〈페어리 테일〉과 〈미라큘러스: 레이디버그와 블랙캣〉을 보면서 한국에 대한 그리움을 달랬다고 했다.

"그 작품들을 보며 성장했어요. 외롭고 힘겨운 시간을 보내는 데 성우님 작품이 정말 큰 도움이 되었죠."

그 학생의 말에 내가 더 고마웠다.

내 목소리가 그들의 성장기와 함께한 것이다. 지금 20대 초반인 친구들이 10대일 무렵 내가 참여한 작품을 열심히 보는 시청자들이었을 것이다. 내가 참여한 작품을 보며 위로받고 즐거워하던 초롱초롱한 학생들이 어느새 이런 멋진 성인으로 자랐다니….

그들의 지난 시간 속에 내가 스며 있다고 했다. 그들의 성장기 추억 속에 내가 함께하는 것이다. 누군가의 삶에 좋은 기억으로 남아 있다는 건 얼마나 감사한 일인가. 이루 말로 다 표현하지 못할 벅찬 감정이 나를 채웠다. 그리고 그 친구들의 미소를 보며 행복했고 고마웠다.

자기 스스로 빛나는 법을 배우다

강의를 한 후 신문사 친구들과 담소를 나눌 기회가 있어 물어봤다.

"너희는 카이스트 학생인데, 기분이 어때?"

"어… 글쎄요."

"혹시 남다른 기분이랄까 그런 게 느껴질 때가 있니?"

"제 주위엔 다 카이스트 학생밖에 없어서 그런지 신기한 건 모르겠어요."

카이스트에 다니니까 뭔가 남다른 기분을 느낄 수도 있지 않을까 하는 막연한 생각에서 한 질문이었는데, 그야말로 우문현답이었다.

"생각해보니까 정말 그렇네. 나도 너희들이 볼 땐 성우라서 신기하게 느낄 수도 있겠지만, 내 주위엔 다 성우라서 그런 게 거의 없어."

외부에서는 카이스트에 다닌다고 하면 머리도 좋고 공부도 잘하고 꽤 비범한 사람들이 모인 곳이라 생각하기 쉬운데 정작 그 친구들은 자기들이 대단하다고 생각하지 않았다. 그저 자기 앞에 주어진 일상을 열심히 살아갈 뿐이었다.

'그래, 그게 맞지. 스스로 자신이 대단하다고 느끼면 성장은 거기서 멈추니까.'

남들 눈에 대단해 보이고 화려해 보이는 건 아무 의미가 없다. 중요한 건 자신이 기준을 어떻게 잡고, 어떤 방향으로 나아가느냐다. 아무리 돈이 많고 환경이 좋다고 해도 거기에 취해 노력하지 않는다면 성장할 수 없을 것이다. 어디에 있든 무엇을 하든 자기 스스로 빛나려면 자기만의 길을 찾아야 한다.

내 이야기를 들려주려고 강연을 하러 간 거였지만 나역시 학생들과 대화를 나누면서 소중한 깨달음을 얻었다. 그리고 과거의 내 시간이 누군가의 삶에 각인되어 있다는 사실, 내 소중했던 생의 한 시절을 누군가가 기억하고 있다는 사실에 뭉클했다.

남도형, 결코 헛살지 않았구나.

단 하루도
허투루 살아온 날은
없었다

나의 생각과 내가 걸어온 인생을 세상에 내보인다는 건 어찌 보면 무척이나 신기하고도 대단한 일인 것 같다. 하지만 그와 동시에 많이 무섭고 두려운 일이기도 하다.

누군가는 나를 보며 꿈을 키울 수도 있겠지만 또 누군가는 내가 걸어온 길에 대해 엇갈린 평가를 내리진 않을까 하는 걱정도 들기 때문이다. 하지만 이것 하나만은 확실히 말할 수 있다. 성우의 길로 들어선 후 19년이 지난 현재까지 단 하루도 허투루 살아온 날들이 없었다.

늘 치열하게 행복했고 뼈아프게 기뻐했으며 가슴 시리게 즐거웠다. 그냥 허비한 날은 정말 단 하루도 없었다. 이 글을 쓰고 있는 지금도 이 생각에는 변함이 없다. 모든 행복한 결과물은 온전히 노력을 다해가며 이룬 그 시간들이 켜켜이 쌓여야 만들 수 있고, 그 시간은 반드시 나에게 크건 작건 행복한 보상을 해준다는 진리 말이다.

그동안 내가 마음을 다해 상대방에게 다가가면 상대방도 마음으로 다가와주는 감사한 경험이 많았다. 그래서 나는 앞으로도 내 마음속을, 또 이 글을 읽는 여러분의 마음속을 아주 파랗게 물들이고 싶다. 아주아주 행복한 파란색으로 말이다.

마지막으로 이 책을 집필할 수 있게 힘써주신 웅진지식하우스에 진심으로 감사하다는 이야기를 하고 싶다. 그저 한 직업으로 묵묵히 걸어왔을 뿐인데 이렇게 내 이름을 건 책까지 만들게 해주셨으니 말이다. 아울러 내 몸과 마음, 그리고 많은 분들이 사랑해주시는 내 목소리를 물려주신 부모님께 감사하고 사랑한다는 이야기를 꼭 전하고 싶다.

앞으로도 누군가가 내 이름을 떠올리면 항상 행복한 웃음이 지어지는 성우가 되기 위해, 나의 분야에서 열심히 달릴 것이다. 언제나 파랗게.

부록

못다 한 이야기

N잡러로
살아가는 방법

나는 성우라는 '본캐'를 갖고 있지만 유튜버, 쇼 호스트, MC, 강연자 등 여러 가지 '부캐'로 활동하고 있다. 다양한 영역의 일에 도전해보는 것은 나의 본업을 새로운 관점에서 바라보고 확장시킬 수 있는 좋은 기회다. N잡러를 꿈꾸는 이들에게 지극히 나의 사적인 경험이지만 도움이 될 만한 몇 가지 노하우를 소개해본다.

1. 지금 하는 일에 충분히 몰입하기

두 가지 혹은 세 가지 업을 병행한다고 해서 세 가지 일을 하는 건 아니라고 생각한다. 각기 다른 분야의 일을 한다고 해도 본질을 꿰뚫는 핵심은 언제나 하나다.

'최대한 몰입해서 즐긴다.'

성우 일을 할 때는 호흡이나 뉘앙스 같은 말투, 성격, 분위기까지 모두 캐릭터의 특징을 살린다. 작품과 캐릭터를 생각하며 상황에 흠뻑 빠져들어 몰입하며 즐긴다.

유튜버 혹은 강연자로 일할 때는 남도형의 목소리로 남도형의 성격이 되어 남도형의 말투로 그 상황에서 해야 할 말을 한다. 어떤 말투, 어떤 성격이건 중요하지 않다. 그 상황에 몰입해서 최대한 즐기며 한다는 것에서는 어떤 일이든 같다.

2. 하나의 소재에 안주하지 않는다

유튜브 채널을 운영하면서 좋은 반응을 얻었던 콘텐츠가 무척 많다. 결코 하나의 콘텐츠로 3년의 시간을 보내지 않았다. 하지만 다양한 콘텐츠를 다뤘다고 해서 얄팍하게 접근했다는 의미는 아니다. 채널을 이끌어가는 메인 테마와 메인 콘텐츠는 있어야 하지만, 거기서 가지를 뻗어 분야와 방향성을 점점 확장할 필요가 있다고 생각한다.

하나의 콘텐츠에만 몰입하다 보면 자꾸 익숙한 것에 안주하게 되고 새로운 자극이 없으니 발전도 더딜 수 있다. 주요 콘텐츠에 집중해 잘 만들어내되 더 재미있고 새로운 콘텐츠에 대해서는 언제나 열린 태도로 도전해봐야 한다고 생각한다.

3. 일상의 모든 것이 소재다

유튜버가 된 뒤 가장 좋은 점은 일상을 소홀히 여기지 않고 주의 깊게 관찰하게 되었다는 점이다. 그리고 그 일상을 즐기고 좋아하다 보면 생각지도 못했던 기회가 열리기도 한다. 예를 들어 나는 원래 인스타그램을 보면서 신기하거나 재밌는 제품을 사는 취미가 있다. 한번은 그동안 모은 제품을 모아 리뷰하는 영상을 만들었더니 그 영상을 SBS 작가님께서 보시고 〈박세미의 수다가 체질〉 라디오 프로그램 중 '쇼핑지옥'이라는 코너에 나를 캐스팅하기도 했다.

4. 모든 일은 내가 직접 참여한다

모든 일을 혼자 할 순 없기에 분업이 필요하다. 하지만 분업을 하더라도 항상 내가 최종 점검을 한다. 부분이 아니라 유기적 관점에서 전체를 조망할 필요가 있기 때문이다. 유튜브의 경우 모든 영상을 매번 컨펌하고 특히 섬네일 역시 최종적으로 내가 꼭 확인한다.

5. 꾸준함이 답이다

어쩌다 운 좋게 터지는 하나의 영상보다 중요한 건 지속 가능한 성장이다. 그러기 위해 필요한 건 꾸준함이다. 꾸준함이야말로 최고의 무기다. 나 역시 3일 간격으로 영상을 올린 지 3년이 넘는다. 그러한 꾸준함이 '남도형의 블루클럽'을 성장시킨 원동력이다.

6. 나쁜 글보다 좋은 글을 많이 보자

나쁜 댓글, 나쁜 말을 찾아 읽으며 상처받을 필요 없다. 좋은 글과 말도 많으니까. 소수의 악플 대신 다수의 선플을 보자.

7. 지금 이 순간을 온전히 느끼며 감사히 보내자

나는 하루에 열 개가 넘는 스케줄을 소화할 때도 있다. 그걸 잘 소화하는 방법은 딱 하나뿐이다. 지금 이 순간을 온전히 느끼고 감사히 보내는 것. 밥상에 밥이 올라오기까지 얼마나 많은 이들의 노고가 있었는지 알면 감사할 수밖에 없다. 내게 이 일이 오기까지도 마찬가지다. 얼마나 많은 이들의 노고가 있었을지 그 과정을 잘 알기에 나는 모든 일에 매 순간 감사한다.

NC 다이노스 시구,
13년의 시간이 안겨준 선물

나는 다양한 스포츠를 좋아한다. 야구를 제일 좋아하고 축구, 농구, 테니스 관람 등을 즐긴다. 성우가 되고 나서 2009년 처음으로 엔씨소프트 작품을 녹음할 일이 있었다. 2011년에 야구팀을 창단했으니 그때는 야구단이 없을 때였다.

그 후 엔씨소프트에서 야구팀을 만든다는 소식이 들렸는데, 운명처럼 엠블럼 색깔이 내가 사랑하는 파랑이었다. 그동안 엔씨소프트 작품에 많이 참여했기에 더욱 애정이 갔다. 당시 홈경기장인 마산 구장은 자주 못 갔지만 TV 중계로 모든 경기를 챙겨 보았다. 또한 지금도 엔

씨소프트 작품을 계속하고 있을뿐더러 좋은 인연을 맺어
온 곳이어서 창단 첫해부터 각종 기념 굿즈, 기념 구, 유
니폼 등을 모조리 사 모았다.

한 달에 한두 번은 꼭 서울에서의 원정 경기를 보러
갔다. 게다가 NC 다이노스를 얼마나 좋아했던지, 창단
첫 가을 야구(플레이오프)를 보기 위해 부모님을 모시고 마
산까지 갔을 정도다. 지금도 집에 구단 기념구, 선수 사
인 볼 등 야구공 수십여 개가 진열되어 있다. 그런 내가
NC 다이노스의 팬인 걸 엔씨소프트 직원분, 동료 성우
모두 알고 있었다.

그리고 2023년 8월 무렵이었던 걸로 기억하는데, NC
다이노스 구단에서 연락이 왔다. 시구를 해달라는 것이
었다. 내 인생의 버킷 리스트가 NC 다이노스 시구였는
데, 정말 나에게 기회가 온 것이다. 그 기쁨을 뭐라고 표
현할 수 있을까? 게다가 나를 시구자로 선정한 이유도
감격스러웠다. NC 다이노스 구단을 사랑하면서, 인플루
언서 활동을 하고 있고, 모기업 엔씨소프트와도 인연이
깊은 사람을 시구자로 찾고 있었는데, 엔씨소프트 팀에

집에 진열해놓은 구단 기념 구와 사인볼.

물어보니 많은 분이 나를 추천했다고 했다.

감격 그 자체였다. 그렇게 내 인생의 버킷 리스트 하나가 이루어졌다. 그날 내가 좋아하던 에릭 페디 선수를 만나 시구 자세도 배우고 사인도 받고 유니폼도 받았다. 구단 측에서는 "시즌이 끝나도 좋은 인연 이어가면 좋겠습니다. 이렇게 열정적인 분은 정말 처음 봤어요"라며 매우 반겨주셨다.

2011년부터 13년간 오롯이 사랑해온 시간이 이렇게 보상을 받은 것이다. 2023년에는 이렇게 감격스러운 일이 많았고, 가장 바쁜 해이기도 했다. 지난 시간 쌓아온 노력과 에너지가 전부 폭발한 해였던 것 같다.

시구하러 갔을 때도 신기한 경험을 했다. 그곳엔 야구를 보러 온 야구 팬분들이 모였을 테니 나를 보기 위해 찾아온 사람은 당연히 없을 터였다. 그런데 시구하러 나온 나를 많은 분이 알아봐주시고 응원해주셨다. 내가 참여한 작품을 보고 자라 어른이 된 분들, 부모님과 함께 온 아이들 상당수가 나를 알아봤다. 1회부터 9회까지 매 회가 끝날 때마다 관객분들이 사인을 받으러 와주었다.

시간이 쌓인다는 게 이런 거구나. 그간의 시간이 헛되지 않았구나. 다시금 감사함을 느꼈다.

내게도 아프고 힘든 시간이 있었다. 지금도 아프고 힘들 때가 있고, 이후로도 그럴 것이다. 심지어 좋은 일 속에서도 아픈 일, 고통스러운 일이 있게 마련이다. 하지만 지금은 그런 것들이 하나도 힘들지 않다. 그 시간들이 결코 헛되지 않으리란 걸 알기 때문이다. 분명 언젠가 어떤 식으로든 그 시간들이 나에게 감사한 보상을 해주리라고 생각한다.

팬들이 보낸 응원 메시지

내가 만들어가고 있는 파랑의 세계에 가장 많은 부분을 차지하는 건 단연 팬들이다. 성우로서 좋아하는 일을 하며 사랑 받을 수 있는 것도 모두 팬들 덕분이다. 모두 사랑합니다!

성우님의 목소리 덕분에 제 인생의 한자리도 파랗게 물들었네요. ♥ 항상 아름다운 목소리와 독창적인 콘텐츠로 즐거움을 주셔서 감사합니다.

_최인*

〈페어리 테일〉 나츠, 〈포켓몬스터〉 덴트 때부터 쭉 도형 님의 팬이었습니다. 도형 님의 음성은 제 삶의 원동력이 되었어요. 힘들고 지칠 때 위로받을 수 있었답니다. 늘 응원하고 사랑합니다. 그리고 파랑합니다.

_진은*

항상 존경하고 있습니다! 무색이었던 제 세상을 파랗게 만들어주셔서 감사합니다!

_고도*

수많은 캐릭터에 목소리를 만들어주고 영혼을 불어넣어주셔서 감사합니다. 앞으로도 꽃길만 걸으시길 응원합니다!
_어윤*

매 순간 에너지 넘치게 최선을 다하시는 성우님을 보면서 스스로를 많이 되돌아봅니다. 다양한 콘텐츠로 많은 소통해주셔서 감사해요.
_배수*

어떻게 목소리가 이렇게 완벽할 수가! 들을 때마다 심장이 녹아버릴 것 같습니다. 성우계에 한 획을 크게 그으신 다재다능한 남도형 성우님, 앞으로도 응원하겠습니다!
_이사*

성우님께서 연기하신 다양한 캐릭터로 성우의 꿈을 가지게 되었습니다. 그 덕분에 지금은 한국방송예술진흥원 성우과 24학번으로 입학해 열심히 배우고 있습니다. 꼭 성우가 되어 성우님께 인사드리러 갈게요!
_고영*

10대부터 시작해 20대 후반을 바라보는 현재까지 제 인생과 함께 해주신 남도형 성우님과 성우님의 달달한 보이스에 무한한 감사드립니다! 파랗게 물들어갈 성우님의 앞날을 응원하며 앞으로도 잘 부탁드립니다!

_김동*

성우님을 만나기 전 저의 세상은 어둡고 닫혀 있었지만 성우님을 만나고 난 후 저의 세상은 파랗게 물들었습니다. 온 세상을 파랗게 물들일 때까지 응원합니다! 언제나 귀한 목소리를 들려주셔서 감사합니다. ♥

_박윤*

한때는 성우의 꿈을 꾸었던, 지금은 두 아이의 엄마입니다. 아쉽게도 그 꿈은 이루지 못했지만, 도형 님 목소리로 늘 힘을 얻고 있답니다! 선한 영향력을 발휘하시는 도형 님의 파랑파랑한 꽃길을 늘 응원할게요! 파이팅♥

_정윤*

인생은 파랑

초판 1쇄 발행 2024년 4월 20일
초판 2쇄 발행 2024년 4월 22일

지은이 남도형

발행인 이봉주 **단행본사업본부장** 신동해
편집장 김예원 **책임편집** 김다혜
디자인 최희종 **교정** 이정현
마케팅 최혜진 이은미 **홍보** 정지연 송임선 **제작** 정석훈

브랜드 웅진지식하우스
주소 경기도 파주시 회동길 20
문의전화 031-956-7357(편집) 02-3670-1123(마케팅)
홈페이지 www.wjbooks.co.kr
인스타그램 www.instagram.com/woongjin_readers
페이스북 www.facebook.com/woongjinreaders
블로그 blog.naver.com/wj_booking

발행처 ㈜웅진씽크빅
출판신고 1980년 3월 29일 제406-2007-000046호

• 책값은 뒤표지에 있습니다.
• 잘못된 책은 구입하신 곳에서 바꾸어드립니다.